I0660273

LES

AMES MAUDITES

PAR

LA COMTESSE MIKORSKA

NÉE DE ROVIGO

PARIS

ALLOUARD ET KAEPPELIN, ÉDITEURS

Libraires-Commissionnaires

SUCCESSEURS DE P. DUFART ET DE Gᵗᵉ WARÉE

12, rue de Seine

1852

DES

AMES MAUDITES.

PARIS. — IMPRIMERIE J.-B. GROS.
RUE DES NOYERS, 74.

DES
AMES MAUDITES

PAR

LA COMTESSE MIKORSKA

NÉE DE ROVIGO

PARIS
ALLOUARD ET KAEPPELIN, ÉDITEURS

Libraires-Commissionnaires

SUCCESSEURS DE P. DUFART ET DE Ctesse WARÉE

12, rue de Seine

—

1852

PRÉFACE

J'ai besoin de donner deux mots d'explication relativement au sujet difficile que j'ai
entrepris de traiter. Il est des scandales qu'il
faudrait taire sans doute, mais le silence n'a-
t-il pas aussi ses inconvénients? En plus d'un
cas, l'indulgence ou l'insouciance ressemble
à de la complicité ou à de l'approbation.

Le domaine de la réalité offre malheureusement bien plus de faits tragiques à

décrire que celui de la fiction, et l'imagi-
nation la plus vagabonde ne saurait enfanter
rien qui puisse égaler l'horreur de certaines
combinaisons qui se pratiquent journellement dans la vie privée, et que le tourbillon
du monde empêche d'approfondir.

La monstrueuse histoire qu'on va lire est
vraie. . . . . scrupuleusement vraie dans ses
moindres détails. Presque tous les personnages qui y figurent sont encore vivants.

Je me suis appliquée à les déguiser assez
complétement, pour qu'en se reconnaissant
eux-mêmes, ils aient la sécurité de ne pouvoir l'être par personne.

J'ai hésité longtemps avant d'oser livrer
le récit suivant à l'impression; de graves
motifs ont pu seuls m'y déterminer.

Si la lecture de ces pages fait réfléchir
et rentrer en elles-mêmes quelques-unes de

ces personnes qui, par esprit d'imitation ou par incurie, ont contracté la dangereuse habitude de traiter légèrement les choses les plus saintes, et de décider avec étourderie des actions les plus importantes de la vie et les plus irrévocables. . . . . j'aurai atteint le but que je me suis proposé.

AMES MAUDITES

———◦❖◦———

I

Le vieux baron de Vauvrey est un excellent homme ; nous sommes amis depuis cinquante ans ; notre liaison date du collége, où il se battait pour moi, tandis que je faisais ses thêmes et ses versions.

En nous séparant, nous entrâmes, lui à l'Ecole militaire, moi à l'Ecole de droit ; il ne m'appartient pas de juger si j'ai fait un bon avocat en l'an de grâce 1829 ; mais à l'heure où j'écris ces lignes, je suis veuf depuis plus de quatre ans, j'ai marié ma fille unique en donnant à mon gendre, pour cadeau de noces, mon cabinet et ma clientèle, et je suis retiré à la campagne aux portes de Paris, dans une charmante petite maison que j'ai été dix ans à bâtir, bouleversant chaque jour mon jardin et mon parc que j'ai déjà défriché et replanté trois fois.

Edmond de Vauvrey est devenu un officier distingué, passionné pour sa profession ; son avancement fut rapide et il aurait sans doute pris rang plus tard parmi nos illustrations militaires, si un boulet, qui lui emporta la jambe droite, ne l'avait arrêté dans sa carrière alors qu'il n'était que colonel.

Il n'a eu qu'un procès dans sa vie, c'est moi qui l'ai plaidé et perdu ; en revanche, il m'a forcé une fois, en intervenant mal à propos dans une légère querelle, à en faire une affaire sérieuse qui ne pouvait se terminer que par une rencontre, dans laquelle j'ai été gratifié d'un coup d'épée qui m'a mis au lit pour trois mois : malgré cela nous sommes restés les meilleurs amis du monde.

Le baron, estropié avant trente ans, fut con-

traint de quitter le service; lorsque ce malheur lui arriva, nous ne nous étions pas vus
depuis cinq ans; il m'écrivit à cette époque
une lettre pleine de mélancolie, et je compris
qu'il avait au cœur un autre chagrin que la
perte de sa jambe. Je crus reconnaître dans
son style les symptômes d'une peine d'amour.

Il entreprit de visiter l'Orient, et malgré
les difficultés et les distractions d'un si long
voyage, il revint aussi morose qu'auparavant.

J'essayai mainte fois, mais en vain, de provoquer une confidence; jamais je ne parvins
à vaincre son mutisme; sur tout autre sujet,
c'était le même abandon amical, la même
entière confiance, mais dès que je touchais
la corde des sentiments intimes, il se montrait tout à coup si résolu à garder le silence,
et en même temps si peiné de ses propres refus et de mon insistance, que je renonçai à
ma curiosité.

De longues années s'écoulèrent; de part
et d'autre les accidents de la vie publique et
privée se multiplièrent. Le baron alla s'établir dans sa terre en Auvergne pour soigner
les derniers jours de sa mère octogénaire

infirme, et enfin, après une séparation de douze ans, nous nous donnâmes rendez-vous à Ems pour la saison des eaux.

Le point de jonction fut Francfort-sur-le-Mein.

J'étais veuf, et M. de Vauvrey célibataire; libres tous deux, complétement libres pour la première fois de notre vie peut-être, nous jouîmes doublement de notre réunion. Je trouvai le baron peu vieilli et fort gai; il semblait avoir oublié les phases de son existence entière pour ne se rappeler que nos folles années de jeunesse insouciante.

Nous nous animions encore au souvenir de nos anciennes querelles; nos conversations étaient interminables, interrompues par mainte battue en rappel de mémoire; souvent nous parlions tous deux à la fois; enfin quand nous reprenions le calme et le sérieux qui convenaient à notre âge, le baron me reprochait d'être un enfant à cheveux blancs, et moi je ripostais en l'appelant vieillard de dix-huit ans.

Après quinze jours passés ainsi, nous songeâmes à soigner nos infirmités respectives;

un ami de grande route dont nous venions
de faire l'acquisition à Francfort même, partant pour Ems deux jours avant nous, se
chargea de préparer nos logements.

En débarquant nous eûmes, suivant l'u-
sage, une étourdissante sérénade de vingt-
cinq musiciens, que nous congédiâmes au
bout d'une heure d'une vertueuse patience,
avec beaucoup de sourires, plusieurs pro-
fonds saluts, et une double pièce d'or à l'effi-
gie de sa très-libérale majesté le roi Frédé-
ric-Guillaume, moyennant quoi, les deux
partis se séparèrent également satisfaits : l'orchestre d'avoir été écouté et payé, nous,
d'avoir payé, et de ne plus rien entendre.

Je laissai le baron bouleverser notre logis
afin de s'y établir, et je partis pour une course
d'exploration.

Avez-vous été à Ems?... Non?... Tant
mieux pour vous! C'est un endroit fort laid.
Une petite vallée étranglée entre deux montagnes arides ; une triste rivière à moitié desséchée qui coule bêtement au milieu de plates
prairies jaunes et non pas vertes ; la grande
rue n'a qu'une seule rangée de maisons, elle

borde ce brillant fleuve, séparée de lui cependant par la chaussée au delà de laquelle on a planté un maigre boulevard, aboutissant à un pont qu'il faut traverser pour atteindre plusieurs médiocres habitations entourées de chétifs jardins.

La promenade des baigneurs est un lieu fort rétréci, avec des kiosques en diminutif et des suppositions de bosquets ; la grande allée n'admet que quatre personnes de front ; la musique joue à tête fendre, et le soleil vous grille sans opposition.

C'est là plus que partout ailleurs qu'on doit dire que le soleil luit pour tout le monde, car dans ce lieu de délices, il n'y a d'ombre nulle part.

L'établissement des bains est beau et commode, les hôtels bien tenus, la salle de réunion ne sert qu'au jeu.

Toutes mes informations prises, je revins faire mon rapport au baron et lui porter la liste des malades marquants.

Le baron avait réussi à faire de notre appartement d'auberge un réduit confortable et presque élégant ; mais à quel prix !

Je le trouvai sans cravate et sans voix, étendu sur un canapé, jetant des regards de reproche courroucé sur son domestique, dont la contenance annonçait l'humiliation et l'attendrissement.

J'étais parti de chez moi sans emmener aucun de mes serviteurs, attendu qu'en voyage, dès qu'on a passé la frontière de France, on est obligé de servir ses domestiques.

Mais M. de Vauvrey, estropié et couvert de blessures, ne pouvait se passer des soins d'un homme à lui ; il avait donc à sa suite un certain Maclou, honnête paysan des environs de Clermont, dont il était parvenu à faire un valet de chambre raffiné, sans pouvoir jamais venir à bout de lui apprendre à parler français.

Cet homme qualifiait de bonne foi de langue italienne l'horrible baragouin qu'il parlait, et que le baron employait aussi avec facilité, puisqu'il était né dans les montagnes ainsi que lui.

Cependant quand il fallut faire déplacer les meubles pour les porter d'une chambre dans l'autre, et donner ses ordres à deux

hommes qui ne se comprenaient pas entre
eux; quand il fallut traduire à l'Allemand ce
que disait l'Auvergnat, et à l'Auvergnat ce
que disait l'Allemand; quand il fallut dire à
ce dernier, avec mille peines, des mots mal
prononcés qui étaient pour lui de l'hébreu,
et auxquels il répondait au hasard des
phrases françaises trop mal dites pour être
compréhensibles, le pauvre baron, à bout de
cris et de contorsions, avait pris le parti de
réduire ses deux acolytes à l'inaction par un
de ces gestes d'impérieux commandement
qui se comprennent en tous pays, et il avait
rangé ses chambres lui-même, le malheureux! haletant et éclopé, en présence du
garçon de l'hôtel, immobile d'étonnement,
et de Maclou, indigné de n'avoir point été
compris.

Comme s'il était expressément obligatoire
pour un sommelier d'hôtel, dans une petite
ville des Etats de Son Altesse Sérénissime
Monseigneur le duc de Nassau, de comprendre le patois d'Auvergne!

L'effervescence de ce premier orage domestique calmé, je fis part au baron de mes

découvertes; il se mit en belle humeur,
fit une éblouissante toilette, et nous sor-
tîmes.

———

II

M. de Vauvrey, à cette époque de sa vie,
était un beau vieillard de soixante ans; privé
d'une jambe à vingt-neuf ans, il n'avait mené
que pendant peu de temps l'existence des
camps. Après cet événement qui l'avait forcé
à rentrer dans la vie privée, il avait promené
son ennui dans de lointaines contrées; fati-
gué de voyager, mais ne pouvant se passer
d'agitation, il s'était fait campagnard, et
l'activité des travaux agricoles avait raffermi
et conservé sa santé.

Ses dents étaient éclatantes de blancheur,

sa chevelure abondante et argentée. Depuis
que la Restauration avait prodigué la croix
de la Légion d'honneur, le baron ne portait
plus aucune décoration ; mais sa belle démarche militaire, sa tournure élancée, ses
traits mâles et son regard fier, suffisaient à
sa distinction.

Avant sa dernière blessure qui l'avait mis
hors de service, il avait dû être irrésistible,
en sa double qualité de bel homme et de
colonel de l'Empire ; mais depuis que le
canon autrichien avait emporté cette malheureuse jambe, je n'avais plus entendu parler de conquêtes, et l'article de la galanterie
était devenu un terrain brûlant sur lequel je
n'osais pas m'avancer à cause de l'ignorance
forcée dans laquelle j'étais resté, relativement à cette sourde douleur qui avait jadis
excité ma curiosité inquiète, et dont je
n'avais pu, malgré mes efforts, pénétrer le
mystère.

Moi, je suis un bon petit homme du même
âge que le baron, frais et dispos, car j'ai
mené une honnête existence, composée d'une
suite d'événements ordinaires prévus par les

lois de la nature et des hommes, sans la
moindre secousse destructive (à part mon
fameux duel); j'ai un peu de ventre, un
double menton, le cou très-court qui me
promet une apoplexie le jour où il m'arrivera
une émotion profonde et inattendue en sortant de faire un bon dîner; enfin j'ai une
physionomie joviale et rayonnante, qui ne
signifie rien du tout, mais je ne suis pas si
bête que j'en ai l'air.

Jugez donc si j'ai pu croire que c'était moi
qu'on admirait, lorsque marchant ferme et
droit au milieu de la promenade d'Ems, à
côté du baron de Vauvrey, tous les regards
se tournaient vers nous?

Il y avait dans une allée de côté, à l'un des
bouts de cette promenade des baigneurs, un
reposoir dans le genre de l'inévitable tonnelle qui orne infailliblement le jardin de
chaque presbytère de village. Cette tonnelle
était appuyée contre un petit mur qui servait de parapet à une terrasse exhaussée de
sept à huit marches au-dessus du sol, et ornée de bancs de distance en distance; cette
terrasse était le refuge des gens qui voulaient

s'asseoir à l'abri du bruit et de la poussière
dont on était accablé sur la promenade d'en
bas.

Avant d'y monter nous pirouettâmes quelque peu dans la grande allée ; nous accos-
tâmes notre ami de Francfort ; en sa qualité
de désœuvré il avait si bien mis à profit ses
quarante - huit heures d'avance sur nous,
qu'il pût nous faire l'historique de toutes les
figures qui attiraient notre attention. Ses mé-
disances (car j'espère bien que ce n'étaient
pas des calomnies), atteignaient tout le
monde.

— Bonjour Frantz, dit en passant, et en lui
frappant sur l'épaule, une grosse femme très
parée, de la tournure la plus vulgaire.

Surpris de l'apparition et du geste, je jetai
un regard interrogateur à l'ami Frantz.

— C'est la comtesse de Bamberg, dit-il ;
son mari, grand seigneur et millionnaire,
autrefois très-débauché, l'a prise dans la fange
des galeries du Palais-Royal, où elle exerçait
son triste métier de jolie fille pauvre et pares-
seuse. M. de Bamberg en fit une femme du
monde, à la condition qu'elle accepterait

pour sien, un ténébreux enfant qui venait de naître, des plus coupables et inavouables amours.

Cette femme sans cœur conclut le marché, mais l'œuvre d'opprobre ne put être si secrètement accomplie qu'il n'en transpirât quelque chose ; la Providence qui permet l'iniquité pour l'enseignement des hommes, n'oublie pas non plus le châtiment.

Cet indigne rejeton, fruit du crime et de la fraude, est un malheureux crétin sans intelligence et sans force ; l'horreur qu'il inspire à sa mère supposée, n'est égalée que par l'aversion qu'il a pour elle.

La fille de joie, en devenant comtesse, est restée sans mœurs et sans principes, avec la conscience large et le cœur corrompu ; elle était méchante de sa nature, elle devint fausse et perfide. Malgré tous ses efforts, les salons de l'aristocratie ne lui furent jamais ouverts; son mari qui la méprise en a fait une esclave, sans s'inquiéter de la faire respecter.

Servilement soumise à ce mari dont elle attend tout, pour le présent comme pour l'avenir, toutes les humiliations qu'elle reçoit se tournent en venin qu'elle lance sur ceux qui dépendent d'elle pour leur malheur; contrainte à jouer sans relâche l'amour maternel, sous peine de ne plus rien être, elle s'est habituée à toutes les feintes ; elle affiche l'amour conjugal en vue du testament, et fait la belle, la bonne et la sensible avec persévérance ; quand elle entrevoit les préliminaires d'une intrigue, elle se jette à la traverse pour rendre de certains services qu'elle sait se faire payer ; enfin vous jouirez demain de son manége à la source, où elle fait connaissance d'autorité avec les buveurs d'eau , ne tenant aucun compte des rebuffades.

Le lendemain du jour où elle vous a parlé pour la première fois, elle vous mange dans la main ; quant à ce qui me regarde , vous voyez que nous en sommes déjà aux coups de poing.

—Est-elle seule ici? dis-je à Frantz en l'interrompant.

—Non, son mari est avec elle, mais vous ne le verrez jamais ; attaqué d'une maladie mortelle qui a déjà dévoré une partie de son visage , il est d'un aspect si hideux, qu'il n'ose

se montrer ; ils passent tous deux leurs étés
à courir ensemble les eaux en renom ; Monsieur se cache et ne sort que la nuit, Madame
se pare et s'amuse.

La comtesse repassa devant nous, et tira
la langue à Frantz en guise d'agacerie.

— Voilà un sale roman, et une vilaine hé-
roïne, dit le baron avec dégoût.

— Voici venir le héros d'une histoire plus
remarquable et plus terrible, dit Frantz ;
regardez à droite.

III

— Qui cela? ce beau jeune homme qui conduit un tout petit enfant?

— Ce beau jeune homme s'appelle M. de Juniers; il était, il y a cinq ou six ans, un des plus élégants jeunes hommes de Paris. Au milieu de ses succès, il dut faire une courte absence, et trouva à son retour les salons à la mode occupés avec enthousiasme de l'apparition d'une jeune et sévère beauté inaccessible à la galanterie.

Madame de Verdagne, orpheline mariée à seize ans, arrivait de province où elle avait

2

habité constamment avec son mari, vieillard triste et malade, qui n'était pour elle qu'un protecteur.

Il avait dû cette année-là, venir à Paris régler la succession d'un ami dont il était l'exécuteur testamentaire. Pauline de Verdagne et son mari descendirent chez une tante considérée et mondaine, dont la maison, fréquentée par une société choisie, était une demeure gaie et convenable pour une jeune femme que son mari n'accompagnait pas dans le monde.

Madame de Verdagne, protégée par la présence de sa tante, avait une attitude des plus dignes; toute tentative d'entraînement avait échoué, et Anatole de Juniers, auquel ses amis donnaient un déjeuner de bienvenue, fit à la fin du repas un pari, dont la conquête de Pauline fut l'enjeu.

Mais que deviennent les projets?

Anatole vit madame de Verdagne, l'admira, l'aima, et en dépit de ses dédains et de ses froideurs, il se fit son serviteur et sa victime sans obtenir un seul sourire. Pauline, pour mieux désoler son adorateur, devint

coquette et légère, elle apprit le manège du
bouquet et de l'éventail, le tortura de jalousie, l'abreuva d'amertume.

Il souffrit toutes ces douleurs pendant
deux ans; mais à la fin, une conduite si
cruelle révolta son cœur, et y éteignit l'affection; alors se rappelant son pari, il se jura
à lui-même qu'il aurait cette femme pour
maîtresse, et il recommença sans amour, et
la rage dans l'âme, la vie de soins passion-
nés qu'il avait menée deux ans, lorsqu'il
était guidé par un sentiment vrai.

Homme de sang-froid, de persistance et
d'observation, il continua quelques mois
encore à se faire le sigisbé de madame de
Verdagne, jusqu'à ce qu'il apprît de sa
bouche que son cœur se rendait.

En général une tendresse avouée n'est
pas loin d'être couronnée de succès, mais
madame de Verdagne était vertueuse, sa piété
était sincère, les choses fussent donc restées
à l'état de platonisme, si Anatole n'eut pris
un parti violent et décisif. Il feignit de se
refroidir pour Pauline, il la négligea et
reporta ostensiblement toutes ses ardeurs

sur une très-jolie personne réputée facile, et qui se prêta à ce jeu, enchantée d'avoir un pareil triomphe sur une femme plus vantée qu'elle.

Alors M. de Juniers rendit à Pauline torture pour torture, douleur pour douleur; il donna plus qu'il n'avait reçu, et lorsqu'il en vint au mépris, c'en fut trop pour la pauvre Pauline; elle avait lutté deux ans contre la passion d'un homme séduisant, elle avait triomphé une année de son propre cœur, elle succomba aux tourments de la jalousie, et un soir que M. de Juniers avait fait en sorte d'être entendu d'elle, sollicitant et obtenant pour le lendemain un premier rendez-vous de sa nouvelle conquête, ce soir-là, ou plutôt cette nuit-là, M. de Juniers, en rentrant du bal à trois heures du matin, trouva madame de Verdagne qui l'attendait chez lui.

Cette belle et sage créature eut une heure d'incroyable délire; on rejetait son cœur, elle offrit sa personne; noyée de larmes aux genoux d'Anatole, elle le suppliait avec les dernières instances, et lui, refusait avec hauteur des faveurs qu'il ne désirait plus.

Enfin, lorsqu'il se laissa fléchir, ce fut pour lui dire une heure après, avec un calme méprisant :

— Je ne vous ai jamais ni désirée ni aimée; j'ai dû vous posséder, pour gagner un pari, je ne pourrais m'y résoudre une seconde fois ; mais Arthur de Malvins demeure à deux pas d'ici, il ne saurait pas plus que moi vous refuser ses bons offices ; dans une heure seulement viendra le jour, vous avez encore le temps de l'aller trouver.

Ce disant, il jette à la pauvre femme anéantie ses hardes éparses sur le parquet, la conduit jusqu'à la porte cochère, demande le cordon pour elle, la pousse dehors à demi-nue, et va se recoucher ; c'était au mois de décembre ; il était six heures du matin.

L'infortunée s'alla cacher dans une église; rentrée chez elle par miracle, elle fit une maladie mortelle, fut six mois presque folle, soignée par sa tante, indulgente autant qu'un ange, et qui la protégea de mille manières.

Lorsque Madame de Verdagne revint à la

raison, elle comprit son malheur dans toute
son étendue. Trop profondément religieuse,
nonobstant son égarement d'un jour, pour
songer un seul instant au suicide, elle prit
une résolution courageuse, qu'elle s'imposa
comme première punition de sa faute.

Elle écrivit à M. de Juniers, uniquement
pour lui dire qu'elle allait devenir mère; que
la nature de ses rapports avec son mari ne
lui permettait pas d'introduire dans sa maison un enfant étranger ; que M. de Verdagne
était assez généreux envers elle pour qu'elle
pût disposer de beaucoup d'argent; qu'elle
songerait donc à son enfant dans l'avenir,
mais qu'elle le priait seulement d'aider sa
tante à sauver l'honneur des cheveux blancs
de son mari.

Cette malheureuse femme accoucha seule,
assistée de sa tante sans expérience, et qui
était paralysée par la frayeur.

Après avoir couvert de baisers et de larmes
cet enfant qu'elle ne devait plus revoir, elle
le descendit elle-même par sa fenêtre, suspendu à un ruban, à M. de Juniers, qui l'attendait. Puis elle reprit sa vie de tous les

jours, sans laisser rien voir de ses douleurs.

Anatole, vaincu par ce sublime courage et cette parfaite résignation, comprit quelle avait été l'horreur de ses procédés, et les déplora. Avec le repentir revint la tendresse; mais M. de Juniers s'épuisa en vaines soumissions, en larmes sanglantes, en pardons humblement demandés, Pauline plus grande après sa faute, sut la racheter.

M. de Verdagne est mort il y a un an; il a tout ignoré, et sa femme est son héritière.

Depuis ce temps Pauline, après avoir réglé ses affaires et assuré sa fortune à son fils, a quitté furtivement sa maison pour entrer dans une communauté.

M. de Juniers a employé tous les moyens imaginables pour la fléchir : il a fait parler l'intérêt de son enfant afin de la décider à réparer l'irrégularité de sa naissance en l'épousant; mais la résistance de cette mère outragée a été invincible; et afin de se mettre à l'abri des obsessions, elle a subitement changé de monastère, sans laisser aucun indice qui pût faire découvrir le lieu de sa retraite.

Le pauvre Anatole, désespéré, presque
fou à son tour, voyage et s'arrête partout où
il se trouve un couvent catholique, question-
nant, furetant, traînant à sa suite cet enfant
de trois ans qu'il idolâtre, et qui lui coûte
déjà bien des larmes; car le martyre de sa
mère a frappé le cher petit dans sa santé et
dans son intelligence.

IV

—Vous êtes bien lugubre, mon cher, avec vos histoires, dis-je à Frantz; vous ne nous racontez que des atrocités.

—Sorbier! s'écria tout à coup le baron.

Sorbier (Jean-Louis), propriétaire, né à Saint-Malo, demeurant à Paris. J'avais jusqu'à présent omis de vous dire mes nom, prénoms et bonnes qualités, faute énorme dans un romancier, mais que vous excuserez, j'espère, en considérant que je n'ai jamais écrit que des contrats, des actes de vente ou des testaments; que si je m'occupe de littérature, c'est l'effet du hasard, et que je n'y mets aucune prétention.

Permettez-moi d'ajouter aussi, dans l'intérêt de ceux qui ne seraient pas sûrs de leur géographie, et pour la plus facile entente du reste de ma narration, que je suis Breton, ce qui m'autorise à être entêté sans contestation.

— Sorbier! s'écria donc le baron avec un accent d'emphase comique, faites-moi le plaisir de me suivre ou de retourner à la maison.

— Pourquoi ce caprice? lui répondis-je.

— Je désire, reprit-il, aller voir ce qui se passe sous cette tonnelle autour de laquelle tous les jeunes gens se groupent, et je redoute, en vous quittant, de laisser Frantz avec vous; je tiens à ce que vous conserviez la bonne opinion que vous avez de moi, et lui, qui sait tout, n'aurait qu'à vous dévoiler quelque vieux péché.

— Bah! fis-je en riant, quand vous étiez militaire, l'ami Frantz était à l'école; depuis trente ans, vous n'avez pas mis le pied en Allemagne, et Frantz n'en est jamais sorti;

soyez donc en repos, vous ne sauriez rien
avoir à redouter de sa science.

— Croyez-vous, dit Frantz en regardant
fixement le baron, que les Italiennes ne
sortent point de leur pays?

A cette simple parole, je vis mon ami se
troubler; son émotion eut le caractère de la
terreur et de la douleur; il regarda Frantz
avec surprise et timidité, paraissant vouloir
sonder son cœur, pour découvrir jusqu'à quel
degré il possédait ses secrets.

Cet étrange incident reporta toutes mes
pensées vers le temps où ma curiosité avait
été si violemment excitée par l'état moral de
M. de Vauvrey, et je résolus d'employer toute
mon adresse (l'adresse d'un avocat) à pénétrer les mystères du passé.

Toutefois, remettant à un moment plus
opportun l'interrogatoire de Frantz et du baron, je pris le bras de ce dernier, et nous
nous dirigeâmes vers le point désigné, dont
les approches étaient encombrées en effet
par l'élite de la bonne compagnie masculine
des eaux.

S'introduire dans l'intérieur fut impossible,

nous entendîmes les éclats d'une vive alter-
cation, mais ne pûmes jamais saisir ni un
mot de ce qui se disait, ni un aperçu des
interlocuteurs.

Nous nous avisâmes alors de grimper les-
tement sur la certaine terrasse dont j'ai parlé
plus haut ; le banc qui dominait le bosquet,
objet de nos investigations présentes, se trouvait inoccupé ; nous nous y installâmes, et
pûmes tout entendre sans être vus nous-
mêmes.

Il y avait sur le premier plan un joli jeune
homme qu'on nous dit plus tard être le souverain d'une petite principauté voisine, et un
vieillard à la mine importante, que M. de
Vauvrey reconnut pour un ancien frère
d'armes qui, plus heureux que lui, avait
traversé toutes nos guerres sans encombre,
et se reposait maintenant avec le grade de
maréchal de France.

Une foule de lions élégants entouraient ces
messieurs, lesquels n'étaient eux-mêmes que
les satellites de deux brillantes constellations
qui occupaient le centre du bosquet.

L'une d'elles était une grande blonde,

d'environ trente ans, fraîche, un peu forte,
mais pleine de grâces; la seconde, petite,
brune, frêle et pâle, avait seize ans à peine;
plus simple dans sa mise, non moins jolie que
sa compagne, mais beaucoup plus délicate et
distinguée, elle paraissait dominée et dirigée
par elle.

— Allons, Herminie! dit la grande blonde,
comme conclusion à une précédente discussion, dont le sujet lui semblait épuisé;
allons! c'est assez raisonner comme ça, et
surtout c'est assez pleurnicher, il faut faire
peau neuve, ma fille; ça arrive dans notre
état; Edouard se fiche de toi, il t'a quittée
sans te dire où il allait, et depuis trois mois
il ne donne aucun signe de vie; eh bien! il
faut te ficher de lui à ton tour! Tu as à choisir entre la gloire et la puissance, ajouta-
t-elle en montrant le prince et le maréchal,
décides-toi, et que cela finisse; voici un prince
régnant, séduisant et galant; si le cœur t'en
dit, c'est bien! sinon, prends le vieux gro-
gnard ou fais-toi sœur grise.

La petite brune pleurait à chaudes larmes.

— Ma chère Zoé, dit le maréchal d'un ton

d'autorité, en se levant brusquement pour faire cesser cette triste scène ; laissez cette enfant à son amour et à ses regrets, je ne veux pas être la cause de ses pleurs.

— Ni moi non plus, dit le prince, en baisant la main de la jeune fille, malgré sa résistance ; si j'obtiens Herminie, je ne veux le devoir qu'à elle-même.

— Eh bien ! s'écria Madame de Bamberg, qui apparut à l'entrée du bosquet, poussant tout le monde à coups de coude, pour se faire faire place ; eh bien ! on crie ; on pleure ; qu'est-ce qu'il y a donc, mes petites poules ?

A ces mots le prince et le maréchal saluèrent froidement et s'éloignèrent ; nous en fîmes autant, et après quelques détours nous nous rencontrâmes.

M. de Vauvrey donna une poignée de main à son ancien camarade auquel il me nomma ; celui-ci nous présenta tous deux au prince, et la connaissance faite, ces messieurs voulurent bien nous expliquer ce dont au fond nous nous doutions, moins les détails.

Zoé était une belle et spirituelle personne,
avec laquelle on causait facilement et inti-
mément moyennant largesse ; pourvu cependant qu'on fût d'un certain monde ; car,
sous ce rapport, elle était aristocrate et orgueilleuse à ne composer à aucun prix.

On ignorait si sa compagne était sa nièce
ou sa sœur ; mais en tout cas elle était sa
pupille, entièrement sous sa dépendance, et
n'essayait pas d'en sortir.

Au milieu de la corruption dans laquelle
Herminie vivait, elle avait conservé les plus
nobles instincts : son âme, créée sans doute
pour les saintes joies du ciel, recevait avec
horreur et dégoût les enseignements dépra-
vés de Zoé, qui lui montrait la prostitution
comme sa seule planche de salut.

Elle avait été jetée, enfant encore, aux
bras d'un vieillard blasé, et ce monstrueux
mariage d'un cadavre avec un corps vivant
avait laissé à la pauvre victime une invincible
répugnance pour l'amour qui se vend et
celui qui achète.

Alors au milieu de son désordre, comme
un présent d'enfer ou une consolation d'en

haut, lui vint au cœur un de ces amours forcenés qui tuent ou qui régénèrent.

Luttant en vain contre la force brutale qui
l'opprimait, s'épuisant en efforts impuissants
pour sortir de sa dégradation, elle brûlait
dans la fange, sans courage pour accepter sa
position telle qu'elle était, sans résignation
pour subir le mépris de celui qu'elle aimait,
sans énergie enfin pour être ingrate et par-
jure, pour renier l'affection de toute sa vie,
pour repousser la main qui l'avait nourrie,
pour être sourde à la voix qui, depuis son
enfance, savait lui dire de douces paroles et
endormir ses douleurs!

L'amant qui causait ses larmes était ab-
sent; il avait tout obtenu d'elle, il lui avait
tout promis; elle voulait lui conserver son
amour, elle avait confiance en lui, et elle
attendait.

Herminie ne se connaissait aucune famille;
Zoé avait élevé son enfance, et cette sollicitude avait longtemps suffi à son bonheur.

Elle avait tendrement aimé sa protectrice,
car elle avait une insatiable soif d'affection.
Zoé avait soigné la beauté, la santé, les plai-

sirs d'Herminie ; elle avait régné sur sa volonté et disposé de sa personne sans opposition, jusqu'au jour où un noble et violent
amour lui fit comprendre son avilisse-
ment.

Alors elle maudit les conseils qui l'avaient
poussée vers l'abîme, et détesta le cœur qui
les avait dictés ; Zoé conserva son empire sur
les démarches d'Herminie, mais elle perdit,
sans retour, son estime et son amitié.

L'ami que cette pauvre fille perdue pleurait était un jeune officier de la plus grande
espérance, une de ces admirables natures
largement organisées, auxquelles la Providence envoie l'humiliation d'un ignoble
amour, comme ombre au tableau, pour ré-
tablir l'équilibre de ce monde, pour consoler les imparfaits.

Herminie avait mené une folle vie : elle
avait eu ses heures de coupable égarement,
mais elle avait traversé l'orgie avec un dédain calme et fier, et l'amour pur l'avait
transformée. Aujourd'hui, comptant sur l'a-
venir de paisible et vertueux bonheur que
son ami lui avait promis, elle rêvait aux joies

de la famille, elle espérait le repos du foyer
domestique, elle croyait avoir trouvé un
cœur où le sien pût s'épancher, et maintenant on profanait ses souvenirs, on flétris-
sait ses espérances, on voulait la rejeter dans
la honte de ses premiers jours!

Le baron fut ému de ce récit, et pria ces
messieurs de le présenter à Zoé. Ils convin-
rent d'aller chez elle le même soir, et nous
nous séparâmes.

V

M. de Vauvrey fut sombre et silencieux pendant le court trajet de la promenade à notre hôtel. En dépit de toutes mes avances, il resta taciturne, et je me mis alors à bouder de mon côté, moyen qui me réussissait infailliblement pour le faire rentrer en lui-même.

En effet, il vint au bout d'une heure me trouver dans ma chambre où je m'étais retiré, et me demanda d'un air dolent si je viendrais avec lui le soir chez Zoé.

— Ma foi non, mon cher! lui répondis-je

d'un ton piqué ; si la seule approche de ces dames a eu le pouvoir de vous mettre de l'agréable humeur que vous avez rapportée de votre conversation avec le maréchal, que sera-ce donc lorsque vous serez en contact direct avec elles ?

— Ne raillez pas, mon bon Louis, reprit M. de Vauvrey (l'emploi de mon nom de baptême etait une flatterie à laquelle le baron me savait fort sensible) ; ne raillez pas, car jamais mes pressentiments ne m'ont trompé, et je me sens aujourd'hui pour cette visite, comme j'étais la veille de la bataille où j'ai perdu ma jambe ; et aussi un autre jour, poursuivit-il d'un accent entrecoupé, où j'allais voir une jolie femme ardemment désirée.

Il s'interrompit à ces mots et réprima un soupir.

Je gardai le silence.

— Oui, continua-t-il avec mélancolie, du ton d'un homme dont la pensée voyage dans l'espace, les avertissements ne m'ont pas manqué, et je les ai reçus en vain ! Dieu a voulu sans doute me punir, m'anéantir, et il

a permis que mes yeux regardassent sans
voir, que mes oreilles écoutassent sans entendre! Le cœur d'un ami eût tout compris
pour moi, mais j'étais isolé!

Emu de cette plainte, je dis au baron :

— Mon cher Edmond, si j'ai refusé de
vous accompaguer, c'est que j'ai cru que
c'était un plaisir que vous vouliez me procurer, mais si c'est un service que vous me
demandez...

— Oui, oui, mon bon Louis, reprit M. de
Vauvrey, en me serrant fortement la main,
un vrai service; je me méfie de moi-même,
vous me sauverez peut-être.

Le salon de Zoé était brillant, elle en faisait
les honneurs avec charme et aplomb; dès
que nous parûmes, les deux fées, maîtresses
du logis, s'empressèrent de nous présenter à
tous ceux qui nous étaient étrangers dans le
cercle, ensuite Herminie se tint à l'écart, et
le maréchal parut avoir oublié sa chevale-
resque résolution du matin, car il l'obséda,
et écarta d'elle par sa présence toute autre
assiduité.

Comme je n'étais ni de caractère ni d'encolure à devenir pour mon propre compte l'objet de la convoitise de ces belles dames, je sentis sur-le-champ, en me voyant le but des cajoleries de Zoé, que c'était à mon ami qu'on en voulait, et je résolus d'être sur mes gardes, d'observer, et de le protéger au besoin.

M. de Vauvrey, pour des femmes de cette espèce, était un morceau de roi; outre les avantages dont j'ai parlé plus haut, il était de fort noble origine; sa fortune considérable et parfaitement indépendante, sa réputation d'honneur et de probité, ses idées très-positives de délicatesse outrée, le rendaient de bonne prise pour une intrigante; on pouvait l'amener au mariage sans craindre le ridicule, et il était bien fait de manière à pouvoir plaire.

Au moment où nous entrâmes, l'attention de tous était absorbée par les élans romantiques d'un jeune lion à tous crins qui se disait poëte, et qui, à l'ombre de cette prétention, débitait mille absurdités.

Nous débutâmes par de la modestie, mon ami et moi, et afin de faire oublier le trouble

causé par notre arrivée, nous nous assîmes
en silence.

— Oui! rugissait ce lion affamé et men-
diant, qui avait peut-être dépensé son dernier écu pour se procurer les gants jaunes
qu'il lui fallait aux mains pour entrer dans
le salon de Zoé, oui! les hommes de notre
siècle sont complets et leur malheur est
immense; car ils savent tout et ne croient
à rien, rien ne les étonne ni ne leur plaît,
et l'amour de nos jours est devenu impossible.

— Quoi! dit malicieusement Zoé, avec un
regard plein d'arrière-pensées, quoi! sans la
moindre exception?

— Ah! madame, dit le poëte troublé, il
n'y a pas de mer sans orages, point de ciel
sans nuages, point de ténèbres sans lueurs.

— Point de discours sans préface, interrompit un jeune auteur goguenard.

— Ni de testament sans codicile, ajouta un
notaire des environs (personnage important
avec lequel Zoé avait jugé prudent de faire
bonne connaissance, on ne sait ce qui peut
survenir).

— Ni de cœur sans faiblesse ! reprit Zoé ; allez toujours, Durville, vous parlez comme un ange.

— Oui, Madame, s'écria le romantique échevelé, un instant déconcerté ; il y a des exceptions à toutes les règles ; de rares et frappantes exceptions ; il est des amours forcenés, aveugles, dévoués jusqu'au martyre, qui s'emparent de l'existence et mènent au tombeau ; ah ! jamais les femmes n'éprouvent de pareils sentiments, jamais elles ne comprennent ni ne récompensent dignement cette passion mâle et forte, qu'un cœur d'homme seul peut ressentir.

— Vous feriez très-bien d'écrire en prose, mon cher Durville, dit Herminie d'un ton railleur ; vous avez des idées tout à fait neuves ; abandonnez, croyez-moi, l'églogue et l'élégie, et montrez-nous dans des romans de mœurs nouvelles, les femmes vampires et les hommes sensibles, persécutés et méconnus ; vous feriez fureur et fortune en peu de temps ; je vous le garantis.

— Au fait, dit Zoé, c'est un conseil ça ! Il faut le suivre mon vieux ; au temps des rois bergers tous les amants étaient fidèles ; dans les romans du temps passé on ne rencontrait qu'un seul traître perfide et volage en dix volumes ; puisque la mode du gothique et du rococo est revenue, puisque nous sommes habillées comme nos grand'mères, et meublées comme il y a trois cents ans, tu peux pousser plus avant et attaquer les us et coutumes de la seconde race, nous n'en sommes pas à quelques siècles près.

— Il ne faut jamais, il me semble, rien généraliser, me hasardai-je à dire. Il surgit autour de nous d'éclatants exemples d'affection vive et profonde, et il existe de touchants et véridiques épisodes qui ont des hommes pour héros.

— Des hommes ! dit Herminie avec ironie, des hommes ! est-ce qu'un homme aime jamais ? Il rend des soins à une femme pour tuer son temps, il fait la cour par ton, par élégance, parce qu'il est du bel air d'avoir une maîtresse ; si elle est riche et considérée tant mieux ! on va la voir aux heures où l'on est sûr de ne point la trouver seule, on l'affiche par des familiarités, on attend dans son

boudoir l'heure du spectacle ou de la promenade; et puis encore, c'est qu'un homme
n'aime sa maîtresse qu'autant qu'elle est brillante; il aime avant elle, sa grande naissance,
ensuite les titres et l'importance du mari, son
hôtel, ses équipages, ses dîners splendides,
enfin le demi-jour du boudoir, les diamants,
les flots de dentelle et de gaze dont elle est
enveloppée, peut-être aussi sa beauté, car la
beauté, même dans une affaire d'amour-
propre, est indispensable.... Mais du cœur
et de l'âme, il n'en est point question; quel
homme sensé se soucie de cela?

Cette violente sortie termina la conversation; Zoé, pour en effacer l'impression, proposa de faire de la musique; et après plusieurs
insignifiants essais d'amateurs, Herminie
s'approcha du piano.

Cette jeune personne, dont les débuts
comme cantatrice étaient encore en question,
avait cultivé l'art du chant en véritable ar-
tiste; les premiers maîtres avaient guidé ses
efforts, et jamais résultat si complet n'avait
couronné leurs vœux.

Herminie savait faire trembler et pleurer;

la passion dans sa bouche devenait irrésistible; moi, vieillard positif et matériel, parfaitement blasé en fait d'émotions, en ma
qualité d'homme de loi, je me sentis remué
par ses accents.

Le baron était fasciné, cette fatale soirée
fixa son sort.

VI

Le lendemain, à la source, je rencontrai l'inévitable Frantz en compagnie du poëte qui m'avait tant ennuyé la veille; il me fut impossible, quoique j'en eusse, de fuir ces messieurs.

Après quelques banalités, nous vînmes à parler de la soirée du jour précédent; j'exprimai de nouveau ma vive admiration pour le talent d'Herminie, et je rappelai à M. Durville la controverse qu'elle avait si énergiquement commencée avec lui.

— Sachez, dit-il, le secret d'une violence

si peu dans le caractère et les habitudes d'une femme qui est au contraire, en toutes choses, pleine de douceur et de convenance ; Herminie aime un jeune homme charmant, M. Arthur Dervieux ; Zoé trouve son intérêt à rompre cette liaison, et elle y travaille sans relâche.

L'absence d'Arthur lui laisse le champ libre ; elle s'est adjoint pour auxiliaire la comtesse de Bamberg, vieille mégère sans foi ni loi, à qui tous les moyens paraissent bons pour arriver à ses fins ; c'est l'être le plus malfaisant qui se puisse rencontrer sur la surface de la terre.

Ces deux personnes, poussées par le démon de la malice, ont trouvé le moyen de prouver à Herminie que M. Dervieux est, à l'heure qu'il est, à Wiesbaden, en compagnie d'une femme qui vit incognito, et qu'il soigne assidûment sans la quitter d'un instant. Ce fait une fois constaté, vous sentez comment on a pu l'envenimer ; on a parlé avec à-propos de jeunesse, de beauté et de tendresse ; la circonstance aggravante du silence obstiné du jeune homme, quoique seulement à quelques

lieues de sa maîtresse, a offert la possibilité
de persuader à Herminie qu'elle était trahie.

Malheureusement les soupçons jaloux
marchent toujours de front avec l'amour
passionné; la pauvre enfant, égarée par la
douleur, a été comme toujours trompée et
conseillée par Zoé, et constante victime de la
dépravation de cette dernière, elle est retom-
bée en un instant dans l'ornière de ce vice
doré auquel on a habitué son cœur dès l'enfance.

— Qu'est-ce à dire? demandai-je au poëte.

— Voyez! dit-il, en me montrant du doigt
Herminie qui s'avançait rieuse et parée, es-
cortée du maréchal.

— Voici le héros vainqueur; ce vaillant
militaire vient d'ajouter une branche de
myrte à sa couronne de lauriers; il a brusqué
l'aventure en vrai preneur de redoutes; hier
l'assaut, aujourd'hui la victoire!

Je ne fus pas autrement fâché de ce dénoûment facile à prévoir; je trouvais Herminie une charmante maîtresse pour le
maréchal; et j'étais enchanté qu'elle le fût,
car j'avais craint bien autre chose d'après

l'exaltation de mon ami, qui, je ne pouvais
me le dissimuler, était entièrement subjugué
par la personne et le caractère de cette en-
chanteresse.

Toutefois ma joie ne fut pas de longue
durée; car peu de jours après, le maréchal
ayant été rappelé en hâte à Paris, partit sans
éclat et sans retentissement; et comme Zoé
avait réussi à persuader à M. de Vauvrey que
le maréchal n'avait eu que des soins paternels pour Herminie, et qu'elle ne les avait
acceptés que pour décourager le jeune prince
régnant de sa poursuite, le baron, dès le lendemain du départ de son frère d'armes,
s'établit en son lieu et place sans honte ni
remords.

Le mal était sans remède; je gémis en
silence, et la saison des eaux s'écoula sans
qu'aucun incident vint augmenter mes
alarmes; nous quittâmes Ems quelques
heures après ces dames, que nous devions
rejoindre à Francfort.

J'étais las de mon rôle de trouble-fête et
de ma vie errante; je voyais que j'étais à
charge à Zoé, qui redoutait ma droiture et la

justesse de mon coup d'œil ; je regrettais la
paix de mon intérieur, les soins de ma femme
de charge, et les caresses de mes petits enfants, mais chaque fois que je méditais de
partir pour Paris, M. de Vauvrey venait, avec
des reproches si tendres, se jeter à la traverse
de mes projets, que je cédais.

Francfort, à l'époque de la foire, est la plus
amusante ville possible ; il y vient des ven-
deurs et des acheteurs de toutes les parties
du monde, les étrangers y abondent, et les
baigneurs retardataires de toutes les eaux
avoisinantes y affluent pour faire un temps
d'arrêt intermédiaire entre les privations de
leur cure et les dissipations de la vie mondaine, ou les excès de la vie matérielle. Il en
résulte que tous les hôtels sont encombrés
et qu'on ne sait où descendre.

Nous trouvâmes nos sirènes à peu près
logées à l'hôtel de Russie, où un puissant
personnage (j'ignore à quel prix) leur avait
cédé la moitié de son appartement. Le baron
et moi fûmes casés sous les toits, dans une
toute petite chambre mansardée, horrible à
envisager, et plus encore à habiter.

Le baron s'en contenta avec un laisser-
aller des plus désinvoltes; il eut même la
générosité de vouloir absolument m'abandonner le meilleur lit. Je compris à merveille, dès le lendemain matin, la raison de
sa philosophie; mais comme je n'avais pas
les mêmes motifs que lui pour en avoir, et
que je n'ai jamais pu, sans devenir très-har-
gneux, me voir forcé de renoncer à mes habitudes journalières de bien-être et d'élégant
confort, je pris le parti de ne mettre le pied
dans notre taudis que pour y prendre les six
heures de sommeil qui me sont absolument
nécessaires pour me bien porter.

Le reste du temps, je le passais en plein
air ou à la belle étoile, marchant dans les
rues devant moi, sans but et sans projet,
aussi longtemps que mes jambes pouvaient
me porter, et quand elles me refusaient leur
service, j'entrais dans un jardin où je con-
sommais un verre de bière, pour avoir le
droit d'être assis et pour reprendre haleine.

VII

Les honorables habitants de la bonne ville
de Francfort passent les trois quarts de leur
existence dans les jardins publics qui entourent la ville. Les mœurs de la bourgeoisie
sont d'ailleurs, à ce qu'il m'a paru, les mêmes
par toute l'Allemagne, à quelques légères
modifications près.

Ces jardins sont parsemés de tables entourées de chaises ou de bancs : il y a des om-
brages, des kiosques et des établissements à
découvert, car il en faut pour tous les goûts.

Un orchestre nombreux, et souvent très-

bon, y joue sans interruption depuis quatre
heures après midi jusqu'à onze heures du
soir (je ne parle que de l'été, j'ignore ce qui
se passe en hiver). Depuis quatre heures jusqu'à onze, dis-je, la foule des promeneurs
s'y presse. On prend du thé, du café, de la
bière, du vin, de la limonade, et on mange
force petits gâteaux.

Chaque table est entourée de gens qui
s'amusent sérieusement et silencieusement,
ce qui, pour nous autres Français surtout,
est du plus singulier effet; car, dans notre
glorieuse et radieuse patrie, il n'y a pas de
bonnes fêtes sans bruit, sans cris et sans bataille.

Ces jardins, quand le jour commence à
tomber, s'ornent d'une espèce de demi illu-
mination qui n'est pas sans charme.

J'avais fini par me mettre en relation avec
une honnête famille, dont le chef était un
digne négociant. Sa physionomie m'avait
séduit; il fumait gravement en lisant le jour-
nal, sa femme, blonde et blanche, beaucoup
plus jeune que lui, mais triste et toujours
immobile, tricotait à ses côtés.

En Allemagne, les femmes tricotent par partie de plaisir.

Trois jeunes enfants, dont l'aîné n'avait pas dix ans, étaient les seuls êtres animés de ce groupe ; ils se faisaient mille tours entre eux, accompagnés de malices collectives à l'adresse des voisins. C'était la toupie du plus jeune, lancée entre mes jambes, qui avait été le premier prétexte de notre connaissance ; elle s'était consolidée par d'excellents rapports de gourmandise, entretenus avec le petit polisson et ses frères.

Après sept ou huit entrevues sous la voûte du ciel, M. Wolmann me pria un soir, avec une cordiale simplicité, de partager son souper de famille. Je m'acheminai avec lui et les siens vers l'habitation qu'ils occupaient au centre de la ville.

Je ne vous parlerai point des détails de bien-être exquis qu'on admirait à chaque pas dans cet intérieur ; la propreté allemande est proverbiale.

Mais ce qui me séduisit le plus, ce furent les habitudes patriarcales de mes hôtes, ajoutées à un parfum de féodalité qui ravissait.

La maison dont M. Wolmann était propriétaire et qu'il habitait seul, était d'une architecture très-ancienne; l'extérieur en était peu remarquable, excepté la forme des fenêtres et la porte massive en chêne sculpté; les murs avaient été deshonorés par l'abominable opération du recrépissage, mais l'intérieur était admirable, rien, depuis deux siècles, n'avait changé de place.

Cette maison était distribuée à l'anglaise, c'est-à-dire que la cuisine et les offices se trouvaient dans les caves, et les appartements particuliers dans les greniers.

Au rez-de-chaussée, le parloir et une salle à manger; au premier étage deux grands salons, au second le cabinet et les bureaux de M. Wolmann, au troisième la chambre des époux et celle de leurs enfants, au quatrième les commis, au cinquième les domestiques.

Tout était meublé comme au temps du roi Charles Stuart, deuxième du nom; on aurait pu croire cette maison transportée à bras, comme celle de la sainte Vierge à Lorette, d'une des rues de la cité de Londres, dans un coin de Francfort-sur-le-Mein.

J'admirai surtout le parloir où nous entrâmes d'abord en arrivant de la promenade,
et où nous passâmes le reste de la soirée après
le souper.

C'était une pièce passablement vaste, boi-
sée du haut en bas et richement sculptée ;
les dentelures du plafond pendaient en
ogives régulières comme dans la nef des cha-
pelles féodales les plus élégantes du moyen
âge. Les portes et les embrâsures des fenêtres étaient à l'avenant. Il y avait sur
chaque pan de murailles et dans des panneaux d'attache, de belles peintures bien
conservées, dont trois représentaient des
scènes qui devaient appartenir à quelque
légende traditionnelle, la quatrième était le
portrait d'une femme qui avait un poignard
dans chaque œil.

Enfin, la cheminée haute, profonde, immense et parfaitement antique, comme tout
l'appartement, contenait sous son cham-
branle, de magnifiques escabelles en bois de
chêne à larges dossiers. La devanture de cette
cheminée dans laquelle un grand feu pétillait, était en cuivre ciselé, et sur le milieu,

ainsi qu'au-dessus de chaque fenêtre, de
chaque porte, de chaque panneau de boi-
serie, de chaque meuble petit ou grand,
partout où on avait pu placer des armoiries,
se voyait un écusson portant l'image de cette
femme aux yeux poignardés, surmonté d'un
tortil de baron. Un superbe candélabre d'argent massif chargé de huit grosses bougies,
brûlait sur une grande table placée au milieu
de la chambre et couverte d'un épais tapis
sur lequel les susdites armoiries étaient bro-
dées.

J'etais violemment intrigué par cette circonstance, et je me promis bien de la tirer
au clair, car il me paraissait qu'un si sinistre
objet reproduit en cent endroits, devait se
rattacher à quelque saisissante histoire d'ancêtres féroces comme on en rencontre presqu'à chaque pas dans toutes les familles en
Allemagne, qui est la mère patrie des lé-
gendes et des chroniques.

Mais comme il était impossible dès ma première introduction au centre de cet intérieur
intime de débuter par des questions, je pro-
jetai de satisfaire plus tard ma curiosité, et je

la mis en réserve à côté de celle que m'inspirait la vie passée du baron.

Après un charmant et fort bon souper pendant lequel j'avais fait de grands progrès dans
la confiance de mes hôtes et eux dans la
mienne, nous nous séparâmes en nous donnant rendez-vous pour le lendemain, et je
m'en revins à notre taudis, où, contre mon
attente, je trouvai le baron arrivé avant moi.

VIII

Je fus enchanté de la rencontre et résolus de saisir cette occasion d'avoir avec lui une explication que je désirais depuis longtemps sans pouvoir réussir à l'obtenir, car M. de Vauvrey tout à fait serviteur de Zoé et d'Herminie passait sa vie avec elles et comme elles, c'est-à-dire qu'il faisait du jour la nuit, se couchait à trois heures après minuit et dormait le matin jusqu'à midi.

Le trouvant donc sur pied par hasard, j'allais entamer la conversation le premier, lorsque je m'aperçus à ses empressements qu'il avait lui-même envie de me parler; son attitude m'annonçait que j'allais entendre des énormités.

Changeant alors de batterie, je pris un ton bourru pour lui demander jusqu'à quand nous resterions dans ce bouge, et j'ajoutai qu'il abusait étrangement de ma vieille amitié en me faisant rester ainsi deux mois à Francfort, après avoir prolongé sans rime ni raison notre séjour à Ems.

— Mon cher Louis, dit M. de Vauvrey, je suis heureux que nous puissions causer aujourd'hui, il n'y a pas de soirée chez Zoé, Herminie est un peu souffrante.

— Que la fièvre la serre et l'étouffe au plus vite, m'écriai-je aussitôt pour entrer en matière. C'est une aventurière plus dangereuse mille fois que sa compagne; Zoé est ce qu'elle est, ouvertement et de bonne foi, l'autre est une enjôleuse avec ses airs de femme incomprise.

—Dites méconnue, mon bon Sorbier, interrompit le baron ; dites calomniée et irréprochable ; son seul tort est la faiblesse de son caractère; elle hésite à renoncer à l'intimité de Zoé, qui tâche de la ravaler à son niveau, et encore cette faiblesse est-elle la preuve de la noblesse de son cœur, qui veut rester reconnaissant quand même.

— Allons donc, mon cher, repris-je avec humeur, il ne vous manquait plus que de venir me parler des vertus d'Herminie, pour qui me prenez-vous ?

— Que je suis affligé, dit le pauvre baron d'un ton chagrin, de voir mon meilleur ami, le plus honnête homme que je connaisse, se montrer injuste et hostile envers la femme qui a toutes mes préférences, et qui mérite les respects et les adorations de l'univers !

Puis il se mit sur le chapitre du sentiment, et battit la campagne, regardant comme un devoir, disait-il, de réparer les outrages du sort aveugle ; il dit mille pauvretés qui exaltèrent ma désapprobation jusqu'à la colère.

— Est-il possible ! m'écriai-je avec éclat, me contenant à peine ; vous, un brave et loyal militaire estimé de tous, noble de la vieille roche, portant un nom pur et respecté ; est-il possible que, sans égard pour vos anté-

cédents, pour la dignité de votre position,
vous alliez prostituer les souvenirs de votre
honorable carrière de soldat et d'homme
privé, en vous faisant la dupe de deux cour-
tisanes; est-il possible de si bien pratiquer
la sincérité, l'honneur et la délicatesse pour
son propre compte, et de n'en pas reconnaître
l'absence chez les autres !

— Est-il possible, vous dirai-je à mon
tour, Sorbier, que vous, le plus doux et le
plus conciliant des mortels, vous nourrissiez
sans motif une haine implacable contre une
faible femme qui vous aime et vous vénère,
elle, au contraire, parce que je lui ai dit
que vous étiez l'ami de toute ma vie !

— Ce n'est point la femme que je hais,
répliquai-je, c'est son astuce, ses intrigues
et sa déloyauté !

— Vous êtes, me dit-il, dans une grave
erreur, mon ami ; Herminie, je dirai même
Zoé, sont toutes deux d'un désintéresse-
ment.....

— Vauvrey ! repris-je alors en l'interrompant et perdant toute mesure d'homme
sérieux et discret ; Vauvrey ! n'essayez pas

de m'en imposer; Herminie a perdu au jeu, la semaine dernière, dix mille thalers contre un prince russe dont personne n'a jamais eu ni vent ni nouvelle, soit avant, soit après cette fameuse partie à laquelle nul n'assista; qui a fourni cette somme à Herminie ?

— C'est un prêt; balbutia le baron faiblement, elle m'a donné son billet.

Je haussai les épaules sans lui répondre.

— Je vous assure, Louis, insista M. de Vauvrey, que vous êtes mal informé.

— M. de Rothschild, ajoutai-je, sur votre signature, a donné dix mille thalers pour Herminie, mais il a dit à cette occasion que le crédit qu'on vous avait ouvert chez lui étant épuisé et dépassé, il ne pouvait plus avoir l'honneur de vous servir jusqu'à nouvel ordre.

Le baron baissa la tête en rougissant.

— Et comment ce crédit a-t-il été épuisé, s'il vous plaît? poursuivis-je en m'animant; il était, si j'ai bonne mémoire, de cent mille francs! Vous n'avez pas dépensé pour vous-même, que je sache, plus de quatre mille

francs, tout au plus. . . . . Mettez dix, en
comptant vos aumônes; où a passé le reste,
malheureux? Croyez-vous que je l'ignore?
Suis-je donc un enfant? Allez! vous me faites
pitié! Un homme comme vous, un vieillard
mutilé, se laisser plumer par des intri-
gantes.

— Je vous jure, Sorbier, murmura le baron d'un air confus, qu'Herminie ne m'a
jamais rien demandé.

— Pour elle directement, peut-être non ;
mais qu'est-ce que cela prouve? Je connais
les rubriques de ces sortes de femmes, je
ne suis pas avocat pour rien, et j'ai tiré
plus d'un jeune étourdi des mauvais pas
dans lesquels ils s'étaient engagés avec des
Aspasies, tout aussi désintéressées que la
vôtre.

— Je vous jure, Sorbier. . . .

— Ne jurez pas, mon cher! je sais à quoi
m'en tenir sur toute cette affaire; je n'ai rien
vu, car, grâce à Dieu, dès que je me suis
aperçu que cette belle connaissance-là tour-
nait au sérieux et aurait pour résultat votre
ruine morale et pécuniaire, la rage de n'y

pouvoir porter remède ou empêchement m'a
fait rompre tout commerce avec ces dames;
mais je n'ai pas besoin d'être sur le terrain
pour savoir ce qui s'y passe; j'ai rencontré
Maclou plus d'une fois, escortant dans la direction de l'hôtel de formidables caisses à
votre adresse; j'ai vu ici des débris de toile
cirée et d'emballages, enfin vous n'êtes pas
si habile que je n'aie pu apercevoir sous les
pans de votre habit, ces jours derniers, les
franges d'un châle qui était sur les épaules
d'Herminie le lendemain, et que le ministre de France, qui va se marier, avait
refusé la veille, en ma présence, de payer
deux mille thalers.

— On peut faire à une jolie femme des
présents de chiffons, sans que cela tire à
conséquence, sans gaspiller sa fortune, ni
nuire à sa bonne renommée.

— Il n'est pas question ici de bonne renommée, mon pauvre ami; j'enrage de vous
voir si aveugle, et surtout je me révolte de
ce que vous mettez tant d'insistance à
essayer de m'ajuster un bandeau sur les
yeux.

— Je voudrais au moins vous convaincre, Louis, de la loyauté......

— Quand vous arrivez le matin, m'écriai-je en lui coupant la parole, vous trouvez à cette innocente Agnès les yeux rouges et le front pâle ; elle se fait prier une heure pour vous dire qu'elle est au désespoir, parce que Zoé a une dette pour laquelle on la tourmente, et alors, vous payez afin de la voir sourire ! Une autre fois, elle est au lit, parce qu'on lui mande de Paris qu'on va saisir leur mobilier, et vous payez pour qu'elle se lève et consente à se consoler ; ensuite elle est trop triste pour chanter, et, afin de l'entendre chanter, vous donnez encore ! Fi donc, mon cher, c'est honteux !

Je m'animais au son de ma propre voix, et parlais sans relâche de crainte d'être interrompu par la foudroyante annonce de quelque monstrueux projet dont le pressentiment m'était venu en voyant M. de Vauvrey, en général si indépendant dans ses volontés et dans ses actions, écouter sans m'imposer silence, et supporter avec soumission mes injures et ma mercuriale.

Cette patience de sa part ne me promettait rien de bon ; il fallait, pour qu'il me laissât ainsi m'entraîner à acquérir le droit de solliciter son indulgence pour mon oubli de toute convenance, il fallait qu'il sentît qu'il allait avoir bientôt besoin de la mienne.

Cette inquiétude qui nous possédait tous deux (moi d'entendre, malgré moi, ce que je ne voulais pas admettre comme possible, et lui d'être obligé de dire ce qu'il savait être une ignominie) nous fit chamailler toute la nuit sans songer au repos.

Nos voisins durent nous maudire.

IX

Nous cessâmes vers le matin, excédés l'un et l'autre de fatigue et d'ennui, et nous fûmes réveillés en sursaut, à neuf heures passées, par Maclou, qui entra brusquement, précédant un commis des bureaux de M. de Rotschild, porteur d'un gros paquet à mon adresse, pour lequel je dus signer sur son registre.

Pendant qu'assis dans mon lit, je lisais une foule de papiers et de lettres, le baron procédait, sans mot dire, à sa toilette, qui était toujours pour lui une affaire de minutie élégante.

Tout à coup je tombai sur une lettre à
l'adresse de M. de Vauvrey, et j'allais m'écrier
pour la lui faire prendre, quand mes yeux
rencontrèrent une autre adresse portant mon
nom, et qui semblait tracée par la même
main.

Je rompis le cachet; plusieurs papiers
s'échappèrent de l'enveloppe, et, parmi eux,
je trouvai un billet que le maréchal m'écrivait. Il était ainsi conçu :

« Mon cher Monsieur Sorbier,

« Je vous adresse à vous les papiers que
« Vauvrey m'a prié de lui procurer; vous
« comprendrez, par ce qu'ils sont, dans quel
« but ils ont pu m'être demandés. Ma vieille
« amitié et l'honneur de notre commune pro-
« fession me font un devoir de tenter d'ou-
« vrir les yeux au baron sur une démarche
« qui paraît décidée, et qui, une fois accom-
« plie, sera irréparable. Je lui écris et vous
« envoie la lettre ouverte, en vous priant
« d'en prendre connaissance avant de la lui
« remettre, afin que vous puissiez verbale-

« ment unir vos efforts aux miens pour em-
« pêcher Vauvrey, s'il en est temps encore,
« de souiller les souvenirs de toute sa vie.
« Augé, notre notaire à tous deux, se charge
« de vous expédier mon paquet avec le sien ;
« vous savez en quelle estime je vous tiens,
« faites état de moi, je vous prie, comme
« d'un ami sûr et zélé qui vous est tout ac-
« quis.

« Maréchal de N***. »

Je regardai du côté du baron, Maclou lui
ajustait sa jambe de bois.

Je dépliai la missive du maréchal à son
compagnon d'armes, et je lus ce qui suit :

« Cher colonel,

« En recevant si promptement ce que vous
« m'avez demandé, vous comprendrez ce que
« j'ai dû mettre de zèle à vous servir. Ma sin-
« cérité de vieux soldat et notre amitié de
« trente ans, ne me permettent pas d'ajouter
« que je l'ai fait avec plaisir, car j'ai saisi le
« but et l'utilité possibles de ces papiers, et
« votre désir de les avoir venait précisément

« à l'appui d'une nouvelle étonnante pour
« tous ceux qui vous connaissent, qu'on se dit
« partout à l'oreille depuis un mois, et qui
« fait rougir le front de vos vieux camarades.

« Quoique le code-homme nous fasse
« une loi de taire nos bonnes fortunes, il est
« des cas exceptionnels où l'indiscrétion
« doit être permise, je ne crois donc pas
« manquer à la prud'hommie en vous disant
« aujourd'hui, que, pour un billet de mille
« francs offert à Zoé, j'ai été, il y a quelques
« mois, seigneur et maître de la gracieuse
« personne d'Herminie.

« Vous êtes seul capable de décider s'il
« convient à l'honneur de votre vie entière,
« de couvrir de votre respectable nom les
« nombreux écarts d'une fille perdue, à
« laquelle plus d'un homme peut dire
« dès à présent : Tu fus à moi moyennant
« finance.

« Vous trouverez mon bon Vauvrey, dans
« les souvenirs du passé, une excuse à ma
« brutale franchise d'aujourd'hui ; tout à
« vous de cœur et quand même.

« Maréchal de N***. »

En lisant ces mots, je me sentis pâlir et trembler, une sueur glacée me découla du front; le peu d'aveuglement qui me restait encore se dissipa, je vis clairement où nous en étions, et surtout, hélas! je vis que le mal était sans remède.

Edmond était un homme de résolution, une volonté de fer; il hésitait longtemps, mais une fois décidé, la chute du ciel ne l'eût pas fait reculer; et quand son opinion était arrêtée, il n'écoutait aucun raisonnement, il n'acceptait aucune preuve qui pût ébranler sa conviction; c'était pour lui une affaire de haute dignité personnelle et de méprisant dédain pour les petitesses et les commérages.

J'étais désespéré; je jetai les yeux du côté du baron, il était debout et peignait sa moustache, dernière phase d'une toilette plus soignée que de coutume.

Maclou lui tendit son chapeau qu'il mit avec précaution, il prit ses gants, sa canne, et s'approcha de mon lit.

J'aurais voulu parler, mais les paroles s'arrêtèrent dans ma gorge; incapable d'ar-

ticuler un son, je lui tendis ensemble sa
lettre et la mienne sans mot dire, afin qu'il
vit que j'avais lu et dû lire ce qu'on lui écrivait.

Je demeurai les yeux fixés sur lui tandis
qu'il lisait. Je le vis rougir et pâlir à mesure
qu'il approchait de la fin, puis il mit précipitamment ces papiers dans sa poche, et sortit
vivement en frappant la porte avec violence.

J'étais si troublé, si indécis, relativement
à ce qui allait arriver, et à ce je devais faire
ou dire, que je restai longtemps à méditer,
sans songer qu'il était déjà tard.

Enfin je me levai et m'habillai lentement,
cherchant, sans le trouver, un moyen
prompt et efficace pour sauver M. de Vauvrey de lui-même, lorsque ma porte s'ouvrit
et Zoé entra, le visage décomposé par la colère.

— C'est donc la guerre que vous voulez,
M. Sorbier? me dit-elle. Vous l'aurez, et
sanglante, comptez-y! Rappelez-vous seulement en temps et lieu, que c'est malgré moi
que la paix a cessé.

— J'ignore ce que vous voulez dire, Madame, répondis-je avec calme ; je n'ai pas les allures d'un favori des dames, et j'ai vécu si loin de vous, que je n'ai été à même de mériter ni vos bontés, ni votre haine.

— Epargnez-vous de longs discours, reprit-elle, la feinte est inutile ; je viens de lire les lettres remises par vous au baron, et je veux, comme dernière démarche conciliatrice, jouer avec vous mon jeu à découvert.

Le baron épousera Herminie, il l'a promis, il le doit ; tous vos efforts pour l'empêcher seront sans résultat. Si vous agissez de concert avec nous, cet acte s'accomplira sans scandale dans quelques jours, vous conserverez votre ami, et vous en aurez acquis d'autres qui sauront vous prouver leur gratitude.

Si vous nous êtes hostile, nous aurons peut-être des heures d'angoisses, de pénibles débats et des dédains à subir, mais dans deux mois, dans trois au plus, nous atteindrons le but que nous nous proposons, et où nous sommes arrivées aujourd'hui, si vous restez neutre.

Voyez donc ce que vous ferez, afin que je sache, dès cette heure, si je suis votre amie dévouée ou votre implacable ennemie.

Cette femme, en me parlant ainsi, avait les yeux en feu, les lèvres frémissantes; elle était superbe! et en dépit de mon dégoût pour elle, je la contemplais avec admiration, car la passion sied bien aux femmes, lorsqu'elles savent en contenir les trop grands éclats.

— Vous êtes bien généreuse, lui dis-je avec ironie, d'avoir laissé une moins belle et moins habile que vous remporter un prix que vous pouviez vous approprier, et qu'elle ne doit qu'à vos soins; êtes-vous bien sûre d'obtenir d'elle, pour ce bon office, la récompense qu'il mérite?

— Trève de plaisanteries, M. Sorbier, répliqua-t-elle, n'essayez pas de distraire ma pensée; le cas est grave et pressant, le moment est solennel! Je poursuis une vengence depuis cinq ans, ce mariage en est l'accomplissement, s'il manque, elle m'échappe; jugez si je renoncerai facilement à l'espoir de le conclure?

— Et moi, repris-je alors, changeant tout à coup de ton et de maintien ; et moi, tant que j'aurai un souffle de vie, je ne cesserai de travailler à déjouer vos projets ; je ne comprends pas bien nettement encore quelle peut en être l'exacte portée, mais je suis assuré que l'iniquité habite votre cœur ainsi que le mensonge découle de vos lèvres, et je n'abandonnerai pas mon ami !

A ces mots, je sortis et courus dans les rues sans savoir où j'allais, sans pouvoir rassembler mes idées ; j'avais la tête en feu.

X

Enfin je m'arrêtai pour m'orienter; j'étais devant la maison de M. Wolmann : sa gentille femme était à la fenêtre du parloir; elle m'appela du regard et j'entrai, ne sachant trop ce que je faisais.

— Mon mari est au jardin, dit-elle; il sera heureux de vous voir.

Je la suivis sous un berceau, au milieu d'un parterre si rempli de fleurs admirables que l'air en était embaumé.

Je voulais faire asseoir ma belle conductrice auprès de moi (ce n'est pas si mauvais d'être vieux, on jouit de certains priviléges consolateurs), mais elle était fort affairée. Elle nous quitta, et je la vis bientôt, ainsi que ses trois fils, aller et venir çà et là, monter, descendre, s'appeler, courir, se poursuivre; il y eut des chutes, des rires, des paquets transportés et culbutés, des disputes d'enfants interrompues par les gronderies de la mère, et terminées par des larmes et des baisers.

A vingt pas de tout ce bruit, l'honnête Wolmann fumait et causait avec moi.

Cette scène dissipa ma mauvaise humeur; mes idées prirent un autre cours, et, m'étant retourné, j'aperçus l'éternelle femme sans yeux, représentée en statue de grandeur naturelle, et placée au milieu de la pelouse qui s'étendait devant la façade de l'habitation.

Je voyais mon hôte gai et causant, nous étions seuls, le moment me parut bien choisi pour hasarder une question.

— Voici une belle dame, m'écriai-je, que je trouve partout chez vous à la place d'honneur et dans un état bien calamiteux; j'avoue qu'elle m'intrigue au dernier point, et que je meurs de curiosité.

— Vous vous attendez sans doute, répondit Wolmann, en souriant, à quelque légende fabuleuse, et dont l'origine se perd dans la nuit des temps, tandis que je n'ai qu'une histoire toute moderne à vous conter, une histoire, du reste, qui, pour être récente, n'en est pas moins horrible.

Le jour commençait à baisser, nous étions sous un ombrage frais; Wolmann interrogea du regard les alentours, afin de s'assurer de notre isolement, et me dit à voix basse :

— Je ne saurais vous faire ce récit en présence de ma femme; mais Wilhelmine attend sa sœur aujourd'hui, mille soins la retiendront loin de nous.

Il alluma une nouvelle pipe, et commença en ces termes :

— Vous saurez donc, dit-il, que le baron Wilhelm de Marnbourg était, il y a cinquante ans, un jeune et puissant seigneur de ces parages, exerçant des droits suzerains qui en faisaient un châtelain redoutable.

Fiancé dès l'enfance à l'héritière des Berenstein, ses égaux en puissance et en richesse, le temps fixé pour accomplir les épousailles était encore éloigné.

Le baron de Marnbourg, avec une suite nombreuse et brillante, allait, suivant l'étiquette, faire de longues et brillantes visites au manoir de Berenstein; toutefois il attendait sans grands empressements, le jour qui devait enchaîner sa liberté.

La comtesse Frédérique, sa promise, était une orgueilleuse beauté, indomptable et cruelle, éprise d'un violent amour pour son fiancé, que sa passion laissait pourtant froid et insouciant.

Lorsqu'il séjournait à Berenstein, chaque jour était marqué par des fêtes nouvelles; la châtelaine, empressée de plaire, s'embellissait de son amour et de ses désirs.

Encore un peu de temps, et la comtesse Frédérique devenait la plus grande dame de la province.

Mais il y avait au cœur de son jeune amant un tendre secret qui devait anéantir tous les projets.

Le baron de Marnbourg aimait la chasse

avec frénésie. Un jour, en poursuivant un
sanglier il s'égara, quitta la route battue, et
vint, au milieu d'un orage, frapper à la porte
d'une chaumière délabrée qu'il rencontra
sur son chemin au centre de la forêt.

La fille du garde qui l'habitait, la belle
Judith aux yeux d'or, servit son seigneur à
genoux.

Le baron de Marnbourg était généreux,
noble de cœur autant que de blason; c'était
un loyal chevalier; il allait bientôt être
époux, il connaissait ses devoirs, mais il
avait vingt ans, l'âme ardente et tendre, et
point d'amour au cœur pour le sauvegarder.

Il admira Judith, puis il l'aima sans pouvoir s'en défendre. Une belle fille de quinze
ans, ignorante et amoureuse, au fond des
bois auprès d'un jeune homme de vingt ans,
passionné et pressant, se trouve en grand
danger.

Ils passaient de longues heures les mains
entrelacées, ils se souriaient et ne se par-
laient qu'avec leur cœur, dont les battements retentissaient dans le silence!. . . . . . .
. . . .

Des jeux de ces pauvres enfants, naquit un petit ange tout rose; la jeune mère, que son père eût maudit, s'enfuit au plus épais de la forêt pour y gémir en liberté; mon excellente aïeule, humble épouse du modeste ministre d'un village voisin, l'assista dans cette épreuve, et le baron, ivre de bonheur et d'amour, alla cacher son enfant à trente lieues de là, pour être plus sûr du mystère.

Tel était cependant alors le respect qu'on gardait pour une parole donnée, que le baron, qui idolâtrait sa ravissante maîtresse, et qui abhorrait son altière fiancée, ne songea point à lui manquer de foi, et se préparait en gémissant à lui donner sa main.

Tandis que Judith, noyée de pleurs, et appelant la mort chaque jour, ne pensait jamais dans son cœur que son séducteur, châtelain redouté, pût et dût réparer son injure, en l'élevant jusqu'à lui.

Néanmoins les jours s'écoulaient; la hautaine Frédérique appelait impérieusement son fiancé et s'étonnait de ses délais, habilement prolongés pendant cinq années au

delà du terme primitivement assigné pour la
célébration des noces.

Enfin, après avoir épuisé toutes ses ressources pour retarder une union détestable,
le baron de Marnbourg fit un suprême effort,
il fixa le jour de son mariage, ordonna de
somptueux préparatifs, et partit pour rejoindre sa fiancée.

Celle-ci, poussée par la jalousie, avait
depuis peu découvert en partie le secret du
baron ; son amour-propre, blessé par le peu
d'empressement de Wilhelm, excité par de
perfides conseils, lui avait fait commettre de
criminelles indiscrétions ; elle l'avait épié et
surpris avec Judith le jour de leurs suprêmes
adieux. Cette scène fait le sujet d'un des tableaux du parloir.

Le baron, entouré de ses chiens et tenant
son cheval en laisse, soutient entre ses bras
sa maîtresse évanouie ; la fière comtesse se
dérobant à leurs regards à travers le feuil-
lage, les contemple d'un œil enflammé de
courroux.

Frédérique a donc assisté à cette dernière
entrevue ; elle a tout entendu, et veut tirer

6

des deux coupables qui la trahissent, une
éclatante vengeance.

Elle envoie secrètement un page à elle,
sous la livrée du baron de Marnbourg, pour
ordonner à Judith, de la part de son amant,
de se trouver à jour fixe à un carrefour de
la forêt de Berenstein, tandis qu'elle fait
avertir de même le baron, que Judith l'at-
tendra.

Puis, elle commande une grande chasse
qui commence au point du jour, et au
bout de quelques heures, elle s'écarte à
dessein.

Arrivée au lieu désert où Judith attendait
celui qu'elle adorait, et qu'elle croyait ne
plus revoir, elle feint de ne la point connaître, elle s'approche et l'interroge avec
sévérité.

Celle-ci se trouble, et la comtesse, qui
entendait au loin le galop du coursier de
Wilhelm, se hâte de brusquer l'aventure.
Elle déploie son écharpe, ordonne à son page
de l'attacher autour de la taille délicate de
sa rivale, en saisit les deux bouts, et partant
de toute la vitesse de son cheval, elle force

l'infortunée, pour n'être point traînée sur
les pierres du chemin, d'égaler sa course
à celle du noble animal qui porte sa persé-
cutrice.

Le baron arrive au rendez-vous un instant
après ce départ; il entend les cris de sa bien-
aimée, et l'aperçoit elle-même qui disparaît
parmi les arbres.

Voici le sujet du second tableau du parloir; il vous représente cette folle course de
la comtesse Frédérique, qui fuit en empor-
tant Judith suspendue à l'arçon de la selle,
et la poursuite furieuse du baron de Marnbourg, qui les suit à distance.

La féroce héritière s'arrête dans la cour de
son château, au milieu de ses serviteurs as-
semblés et étonnés du spectacle.

Judith, sans mouvement, est étendue sur
la terre; ses petits pieds n'ont pu la porter
pendant ce terrible trajet, elle a été traînée
sur les ronces et les cailloux du chemin.

Le baron Wilhelm qui n'a pu les atteindre
pour arracher la victime au bourreau, arrive
au désespoir.

En voyant le triomphe de la barbare Fré-

dérique, en voyant Judith sanglante et inani-
mée, il perd toute mesure, il foule aux pieds
toute convenance, déclare qu'il n'épousera
point la comtesse de Berenstein, et que son
cœur et sa main appartiennent désormais à
Judith.

Il jette son gant sur le sable en manière de
défi pour celui des nobles alliés de la comtesse qui voudra le relever, et prenant entre
ses bras sa maîtresse toujours évanouie, il la
place sur son cheval, et s'éloigne à l'instant
suivi de tous les siens.

XI

Ce fut au fond de la pauvre maison de mon vieux père, que le baron alla cacher son amie mourante ; car, hélas ! la jalouse Frédérique n'était pas la seule ennemie de la malheureuse Judith.

Le baron de Marnbourg avait une mère ambitieuse et altière qui aurait préféré tous les excès à la honte d'une mésalliance, et le baron, redoutable pour tous, tremblait devant sa mère, et lui obéissait.

Le troisième tableau du parloir rappelle le moment où Judith, remise de ses bles-

sures, mais pâle et faible encore, est agenouillée avec le baron Wilhelm aux pieds d'un
ermite qui les unit au milieu de la nuit, à la
lueur de quelques torches.

Ce mariage fut secret, et le secret fut bien
gardé ; c'était d'ailleurs un mariage purement
de conscience , accompli sans formalités ,
sans témoins, et fort irrégulier.

Le baron installa sa belle compagne dans
cette maison qui m'appartient aujourd'hui ;
ils y passèrent trois années d'un parfait bonheur. Judith donna le jour à une seconde fille
aussi belle que la première, et jamais l'affection du baron ne se démentit un instant.

Dix milles séparent Marnbourg de Francfort ; toutes les semaines, n'importe la saison,
le baron Wilhelm franchissait cette distance
de nuit, courant à fond de train avec des
relais ; il passait deux ou trois jours avec sa
femme et repartait de même.

Un écuyer dévoué et un seul page avaient
sa confiance, et ne la trahirent point ; le prétexte de ces absences du baron était la chasse ;
les serviteurs de la baronne Judith étaient
des gens éprouvés.

Une fois, par malheur, le cheval du baron perdit un fer; il fallut réparer cet accident à la forge d'un bourg appartenant à la comtesse de Berenstein. Frédérique, secondée par la douairière de Marnbourg, n'avait pas perdu l'espoir de parvenir un jour à triompher des dédains et de la résolution de Wilhelm.

Judith avait disparu sans qu'on eût pu retrouver sa trace; il paraissait certain que, poussée par le désespoir à des démarches extrêmes, elle avait caché sous le cilice la honte de ses fautes et de leur punition.

La châtelaine, dévorée de regrets, d'amour et de jalousie, surveillait sans relâche celui qui avait dû être son maître.

La circonstance du fer perdu lui fut fidèlement rapportée; elle comprit à l'instant le motif et le but probable de ces perpétuelles chasses si prolongées, et d'indice en indice, elle parvint à tout découvrir.

Sa rage fut sans pareille.

Elle chargea successivement deux émissaires, gens de sac et de corde, de la délivrer à prix d'or de son odieuse rivale.

Ces hommes de crime ne purent accomplir leur œuvre d'iniquité ; à chaque tentative de meurtre, ils sentirent faiblir leur cœur, et la Providence voulut que leur bras fut désarmé par la puissance de cet admirable regard, qui avait jadis fait donner à Judith le surnom de la fille aux yeux d'or.

Alors la comtesse Frédérique se décida à se charger seule du soin de sa vengeance.

Cependant Judith, à la première tentative des bandits de Berenstein, se sentant en danger, avait songé à sauver au moins sa fille, elle envoya cette enfant sous bonne escorte, rejoindre ma bonne mère, qui s'en chargea avec joie, puis expédia un messager au baron de Marnbourg pour le mander près d'elle.

La châtelaine de Berenstein fit surprendre cet envoyé ; on lui déroba sa dépêche pendant son sommeil, on en prit connaissance, et on le guetta au retour pour s'emparer de la réponse.

Wilhelm mandait à Judith qu'il se mettrait en route la nuit suivante, et serait près d'elle au point du jour.

La comtesse Frédérique prit les habits du messager; à la faveur de ce déguisement, elle arriva au pied du lit de Judith sans opposition, contempla un instant avec fureur sa belle rivale endormie, et tirant de sa ceinture deux poignards bien affilés, elle les lui plongea ensemble dans les prunelles, en s'écriant : Il faut éteindre la lumière de ces yeux, dont les éclairs ont causé tant de maux!

Le baron, en arrivant une heure plus tard, ne trouva qu'un cadavre défiguré; la féroce Frédérique avait opéré sa sortie avec autant de bonheur que son entrée; les gens de la maison n'avaient rien vu, rien entendu; mais les armes meurtrières laissées dans les blessures qu'elles avaient faites, portaient sur leurs poignées richement ciselées, les armoiries de Berenstein, et ce détail fut suffisant pour déceler l'assassin.

Le baron de Marnbourg faillit perdre la raison.

Il passa le reste de la nuit et une partie de la journée aux pieds de sa femme morte, tantôt à lui parler d'amour et à la couvrir de

caresses, tantôt à se rouler sur le parquet en
poussant d'horribles cris de douleur et de
menace.

Tout à coup il se calme ; il donne aux
femmes éplorées de Judith, et à son écuyer
confident, des ordres précis et mystérieux ;
puis, montant à cheval, il court s'enfermer à
Marnbourg.

Le lendemain, toute la contrée apprit avec
surprise que les préparatifs faits depuis si
longtemps dans les grands appartements du
château de Berenstein allaient enfin servir
aux brillantes noces de la châtelaine, et
qu'elle serait unie, deux jours après, dans sa
chapelle, au baron Wilhelm de Marnbourg.

Ainsi donc Frédérique triomphait !

On expédia des estafettes de tous côtés
pour convier les parents, les amis, les voisins, qui arrivèrent en foule.

Les épousailles furent célébrées avec la
dernière magnificence : la journée se passa
en fêtes éclatantes, et le soir, tandis que la
nouvelle épouse attendait, palpitante, au
fond de son lit, la venue de cet époux tant
désiré, elle vit entrer le baron Wilhelm,

courbé sous le poids d'un lourd fardeau qu'il déposa sur sa couche, à ses côtés ; c'était une masse informe et inerte, auprès de laquelle il s'étendit à son tour.

Alors Frédérique, surprise et inquiète, leva le voile blanc qui couvrait l'objet qui la séparait de son mari.

Elle voulut fuir après avoir reconnu le corps privé de vie de la baronne Judith ; mais Wilhelm la retint de sa puissante main ; et, à partir de ce moment, soit au lit, soit à table, seule ou en compagnie de son mari, elle eut toujours à deux pas d'elle, en tiers ou en tête à tête, ce cadavre livide avec ses orbites vides et sanglants...

Le huitième jour, Frédérique était folle ; elle devint bientôt furieuse ; le baron la fit enfermer, ordonna de somptueuses funérailles pour sa bien-aimée Judith, et partit pour servir comme volontaire dans l'armée prussienne.

Nous apprîmes, peu après, qu'il avait perdu la vie.

Comme le bon prêtre qui avait consacré l'union de Judith avec le baron de Marnbourg venait de mourir, et qu'aucun certificat n'avait jamais été dressé de cet acte, le mariage fut considéré comme une fable faite à plaisir; les héritiers directs du baron de Marnbourg s'établirent dans ses riches domaines sans contestation possible, et ses filles infortunées perdirent jusqu'à leur nom.

Il leur resta, pour toute fortune, les présents que leur mère avait reçus de son noble amant et la maison qu'elle habitait.

M. Wolmann se tut; la nuit était entièrement venue, sombre et calme, comme le sont les nuits d'automne lorsqu'il n'y a point de lune, le ciel était sans étoiles, les oiseaux du jardin avaient cessé leurs concerts, tout était mort dans la nature; les bruits de la ville s'étaient éteints; la maison, vivement éclairée dans le lointain, paraissait éclatante entre les arbres.

Cette naïve et terrible histoire, contée avec tant de simplicité et en même temps de vérité, m'avait fortement impressionné; mon émotion était presque de la frayeur.

Tout à coup, une voiture roulant avec fracas, s'arrêta devant la porte; tout s'agita,

mille cris nous appelèrent, mon hôte se
leva lentement.

— Mon cher Wolmann, de grâce, encore
un mot, lui dis-je, en lui touchant légèrement le bras ; que sont devenus les tristes
enfants de cette pauvre martyre ?

— Vous connaissez la plus jeune depuis
longtemps, me répondit-il, voici l'aînée qui
arrive.

XII

Je restai quelques jours sans retourner chez Wolmann ; quand j'y revins, je trouvai assise à son foyer, entre sa femme et lui, une étrangère qui me fut présentée comme leur sœur.

Elle était visiblement souffrante, et la maladie avait déjà fait d'affreux ravages, mais on retrouvait sur ses traits flétris, la trace d'une grande beauté; mes honnêtes amis l'entouraient des soins les plus touchants, et me mirent promptement avec elle en rapports d'amitié.

Elle m'intéressa tout d'abord, et, au bout de peu de temps, j'avais fait assez de progrès dans son estime pour posséder sa confiance. La douleur avait détruit sa santé, elle aspirait à une autre vie ; sans doute, si elle eût voulu parler, ses récits auraient fourni de dramatiques élégies, mais elle n'aimait à occuper personne d'elle-même ; voici tout ce que j'appris de ses malheurs :

Fort jeune encore, elle avait été séduite dans la maison de ses parents adoptifs par un jeune étranger ; elle était devenue mère, en son absence, de deux enfants jumeaux de sexe différent.

Plus tard, un vieil ami l'avait épousée pour sauver son honneur et assurer son sort ainsi que celui de ses enfants auxquels il donna son nom ; veuve de bonne heure, elle avait voyagé pour fuir ses souvenirs, et, renonçant désormais au monde, elle avait voulu vivre uniquement pour ses enfants.

La fille avait mal tourné, elle ignorait sa destinée ; le fils était son bonheur et sa gloire, il était officier dans l'armée française.

J'écoutais ces confidences faites sans ordre

ni suite, sans jamais les provoquer ni en
élargir le texte par mes questions.

Autour de moi on l'appelait tante Marie,
ou sœur Marie, et je la nommais de même.

Je passais ma vie dans cette maison; j'avais
fini par leur être si nécessaire à tous, que
lorsque je tardais une heure au delà du moment ordinaire de ma venue, on m'envoyait
chercher; je trouvais tout en émoi en arrivant, et les enfants qui m'attendaient à la
porte de la rue, poussaient des cris de joie,
du plus loin qu'ils m'apercevaient.

Cette franche affection me faisait du bien;
les vieilles gens ont besoin d'être aimés.

Je ne voyais plus le baron; je ne voulais
rien savoir de ce qui se passait, puisque je
ne pouvais rien empêcher, et j'étais d'ailleurs
bien assuré qu'il ne ferait rien d'important
ou de décisif sans ma participation, du moins
apparente.

Bientôt sœur Marie fut trop faible pour
quitter sa chambre; je passais d'ordinaire
plusieurs heures au chevet de son lit, à causer avec elle et à l'encourager.

Son état nerveux rendait toute contrariété

mortelle pour elle, et elle était inquiète outre
mesure de l'absence de son fils, qui, après
l'avoir remise aux mains de Wilhelmine, avait
entrepris une course dont il n'avait pas di-
vulgué le motif.

Un soir, je descendis pour souper, la laissant profondément endormie; après le repas,
il était environ huit heures, Wilhelmine était
allée présider au coucher de ses enfants,
Wolmann, soucieux, regardait brûler le feu,
et je commençais à m'endormir dans mon
fauteuil, lorsque la porte s'ouvrit avec fracas, et un beau jeune homme nous apparut.

En un clin d'œil je l'eus examiné; il était
habillé en bourgeois avec un ruban rouge à
la boutonnière; grand, admirablement bien
fait, ses yeux, ses traits étaient superbes; en
vérité il était bien né pour faire tourner des
têtes.

Je reconnus à l'instant en lui, le fils bien-
aimé de la pauvre Marie; elle l'avait créé à
son image!

— Bonjour, mon oncle, dit il à M. Wolmann, d'une voix qui me parut altérée.

— Bonjour, mon garçon, répliqua celui-ci;

7

sois le bienvenu. Mais qu'as-tu donc, tu es horriblement pâle ; que t'arrive-t-il ?

Je me tournai vers le jeune homme ; en effet son visage était livide, ses traits contractés, et son regard égaré.

— Rien mon oncle, dit-il.

Je me levai, et fis un mouvement pour me retirer.

Mais jugez de ce que je devins, lorsque M. Wolmann m'arrêtant, s'écria :

— Restez, mon cher Sorbier, vous-êtes notre ami et celui de Marie, mon neveu peut parler devant vous.

Et saisissant la main de ce dernier, il reprit :

— Je vous présente M. Arthur Dervieux, mon neveu.

Je restai atterré.

J'étais donc en présence du rival de mon vieil ami ; quelle chance y avait-il pour M. de Vauvrey de soutenir la comparaison avec avantage ? C'était là cet amant adoré et tant pleuré de la triste Herminie ; comment se consoler, hélas ! de la perte d'un tel époux !

J'eus un éclair d'horrible pitié pour tous

ces pauvres gens, malgré mon indignation contre eux. J'avais la tentation de chercher querelle à l'officier pour avoir quitté sa maîtresse; à elle, pour avoir oublié un pareil amant; enfin j'avais une folle envie de courir chercher le baron, de lui montrer son prédécesseur, de le faire modestement rentrer en lui-même, et d'obtenir qu'il lâchât prise par vanité.

— Montonele! dit Arthur d'une voix mâle et vibrante, la fatalité qui a ensanglanté les amours de ma grand'mère doit, sans doute, poursuivre éternellement ses descendants dans toutes leurs affaires de cœur; mes espérances de bonheur sont à jamais détruites. Zoé m'a bien puni de n'avoir pu l'aimer; elle m'avait juré de se venger; elle m'a tenu parole: Herminie est perdue pour moi!

— Tu n'as pas pu la retrouver? s'écria Wolmann, avec anxiété.

— J'ai été la chercher, dit-il d'un accent triste et doux, aux lieux où nous avions été heureux; elle n'y était plus! J'ai suivi sa trace jusqu'en cette ville, qu'elle habite depuis deux mois; mais son amour était un mensonge : c'était un caprice d'un jour qui n'a pas résisté à l'absence ; j'ai appris tout à l'heure, de manière à n'en pouvoir douter, qu'elle épouse demain un vieux et noble militaire, riche et généreux, qu'elle et sa compagne ont ruiné à moitié depuis six mois.

A ces mots, sans vouloir en entendre davantage, je m'élançai hors de la maison.

Je courus comme un fou à travers les rues, et j'arrivai chez Zoé, entrant brusquement sans me faire annoncer.

Zoé était seule avec le baron ; tous deux étaient parés, et l'appartement fort éclairé ; une grande table couverte de paperasses était posée au milieu de la chambre.

Au moment où je parus, le baron tenait en main un papier. Il courut à moi, et me dit en m'embrassant :

— Mon cher Sorbier, merci mille fois d'être venu ! Vous êtes, et vous serez toujours mon meilleur ami ; j'ai résolu d'épouser Herminie ; le mariage sera célébré demain, ce soir nous dressons les articles. Madame, ajouta-t-il, en désignant Zoé, a mandé son notaire pour dix heures ; il en est à peine neuf, nous avons le temps de nous entendre.

J'ouvrais la bouche pour répondre, M. de Vauvrey m'arrêta :

— Je réclame votre assistance, Louis, ainsi que je l'ai toujours fait dans chaque phase importante de mon existence.

J'étais accablé de douleur et tombai anéanti sur un siége.

— Messieurs, dit alors Zoé d'un ton solennel, à cette heure suprême, en présence du futur époux d'Herminie et de l'ami le plus cher de cet époux, à la veille de conclure une union qui assure à jamais le bonheur de cette enfant, objet de ma sollicitude constante, je considère comme le plus impérieux de mes devoirs, d'éclairer à vos yeux, autant qu'il est en moi, le mystère de sa naissance, mystère qui en renferme un autre, lequel, même pour moi, est encore caché.

XIII

— Je suis le fruit d'une faiblesse de ma
mère; elle fut plus tard mariée; mais mes
plus anciens souvenirs me la retracent triste,
seule et vêtue de noir.

J'avais un frère; à l'âge de cinq ou six
ans il fut envoyé au collége, à Paris; je restai près de ma mère quelques années encore;
ensuite elle me confia à une de ses amies qui
dirigeait une maison d'éducation fort renommée à Vienne.

Cette dame, qui n'avait point d'enfants à
elle, me prit en grande amitié.

Je haïssais l'étude et n'appris rien, excepté
la musique et la danse où j'excellais.

J'étais belle, on me le disait imprudem-
ment; j'aimais la parure; ma mère était généreuse, et j'avais des bijoux et de l'argent.

La tendre indulgence de ma bonne amie la
fit consentir à m'emmener une fois avec elle
aux eaux, où je connus tous les plaisirs.
L'année suivante, la pauvre femme, plus souffrante encore, revint aux mêmes eaux, et je
fus sa compagne de voyage comme précé-
demment.

Une mourante qui garde le lit sans cesse
est une mauvaise surveillante. Tout près de
nous logeait une demi-vertu, avec laquelle je
me liai promptement d'amitié, et qui s'em-
para de mon esprit avec tant d'art, qu'elle
me persuada parfaitement que tous mes
amis étaient mes ennemis naturels, et
que tous les trésors du monde m'appar-
tiendraient dès que je me présenterais
pour en jouir.

Un beau soir, ma protectrice qui agonisait
depuis le matin, sentant son âme sur ses
lèvres, m'appela à son chevet; elle me donna

ses derniers ordres, force conseils, me bénit
et expira.

A la faveur du désordre qui s'en suivit,
j'appelai ma nouvelle amie ; et, par suite de
la décision que nous prîmes entre nous, elle
fit ses paquets de son côté, moi du mien ;
j'emballai tout ce qui était à moi et à ma défunte compagne, et nous partîmes dès l'aube,
fuyant vers la France.

C'était vers la fin d'août, je n'avais pas encore tout à fait quinze ans révolus.

Nous convîmes d'aller attendre la saison
d'hiver aux eaux du Mont-d'Or, en Auvergne. Madame Jules (ainsi se nommait ma
conductrice) avait bien employé son temps
depuis deux mois que nous nous connais-
sions ; j'étais façonnée à tout ce qu'elle espérait de moi. Elle acheva son œuvre de per-
dition pendant notre voyage ; et, en arrivant
à Clermont, j'avais déjà le cœur si corrompu,
que, si j'étais encore pure de fait, j'étais bien
décidée à saisir et à chercher la première
occasion de cesser de l'être.

Nous aurions bien pu continuer notre
route pour arriver le même soir à notre des-

tination : le Mont-d'Or est peu éloigné de
Clermont ; mais madame Jules était souffrante, et nous dûmes nous résigner à passer la nuit où nous étions.

Le lendemain elle était dévorée d'une
fièvre brûlante, il était impossible de partir.

Je restai toute la journée à la soigner, à
suivre les progrès du mal qui augmentait à
vue d'œil, désirant appeler du secours et
n'osant la quitter.

Vers le soir, je crus qu'elle allait mourir,
elle était sans connaissance depuis midi ; on
m'avait apporté de la lumière, mais je n'a-
vais pu parler à la servante, car elle n'entendait pas le français, ni moi le patois
d'Auvergne.

Je sortis donc de la chambre pour aller à
la découverte, laissant la porte entre-bâillée,
afin d'éclairer le corridor qui était sombre,
et de pouvoir trouver mon chemin au
retour.

J'entrai étourdiment dans une chambre
fort éclairée, qui se trouva sur ma route, et
dont la porte aussi était toute grande ou-

verte ; cette chambre était déserte, il y avait
un grand feu allumé, et auprès de la cheminée un couvert dressé.

Affamée depuis le matin, je ne pus résis-
ter à la tentation de prendre un morceau de
pain sur cette table, et je rebroussai chemin. Sur le seuil et dans l'ombre se tenait
un homme de haute taille qui ouvrit ses
bras pour me barrer le passage, et qui m'a-
dressa quelques mots d'agacerie joviale.

Interdite de me trouver ainsi surprise en
flagrant délit, la bouche pleine de pain
volé, et hors d'état de parler, je rougis jusqu'aux oreilles et fondis en larmes ; mon
persécuteur, à la vue de cette douleur sou-
daine, essaya de me calmer d'une voix
caressante, et prenant avec une douce
violence mon bras, qu'il passa sous le sien,
il m'escorta jusque chez moi afin de me
protéger, dit-il, dans l'obscurité du corridor
qu'il fallait traverser.

Pendant ce court trajet, j'eus le loisir de
reprendre mes esprits, et de m'apercevoir
que mon galant chevalier pressait très-ten-
drement mon bras contre sa poitrine.

En arrivant dans ma chambre, je fis en peu de paroles l'exposé de nos projets et de notre position actuelle.

Une enfant de quinze ans, alors même qu'elle a assez d'esprit pour discerner et assez de prudence pour taire les choses qui doivent être cachées, n'est pas de force à lutter contre des intelligences supérieures; ma nouvelle connaissance me pria de l'attendre avec patience et revint une heure après, suivie d'un médecin et d'une garde qui s'installèrent à l'instant auprès de la malade dans leurs fonctions respectives.

Cet intervalle de temps avait été aussi efficacement employé par l'inconnu à s'informer de nous, et ce qu'on dût lui dire suffit pour lui faire soupçonner ce que nous pouvions être.

Il prit dès lors avec moi un ton de familiarité empressée, dont mon inexpérience ne saisit pas la nuance; j'avais toujours été regardée comme une enfant, je fus ravie d'être traitée en femme.

Mon protecteur improvisé me persuada sans peine de venir partager son souper.

Timide et effrayée d'abord, je mangeais en baissant les yeux; mais, promptement rassurée par les manières de mon hôte, séduite par son organe enchanteur et ses tendres propos, je m'enhardis tout à fait.

Quelques gorgées de vin me rendirent causante, et les inconséquences de mon bavardage ayant sans doute achevé d'éclairer mon adorateur, il devint pressant et positif dans ses vouloirs.

Cet homme fut mon premier amant... Le désir de curiosité qui me travaillait depuis bien des mois, les inconvénients d'un repas peu mesuré, la vanité de plaire, l'ignorance, l'occasion, tout contribua à me donner à lui.

Je n'ai conservé aucun souvenir de sa personne; avant d'avoir la vue trouble, je l'avais examiné, et je sais que je le trouvai parfaitement beau ! j'aurais sans doute pu l'aimer, et l'aimer longtemps.... Mais, depuis cette heure de délire, je ne l'ai jamais revu, et il est toujours resté l'inconnu pour moi.

En m'éveillant, le lendemain, je me trouvai seule ; mon amant d'un jour avait disparu sans laisser la moindre trace de sa présence; mais, en visitant ma couche abandonnée, je trouvai un mouchoir dont le chiffre était couronné, et dans un des coins de ce mouchoir était passé et attaché un anneau d'or massif dont la pierre gravée représentait une chimère ailée.

A ces mots le baron fit un mouvement rapide, et poussa une exclamation étouffée. Je le regardai; il était immobile, le coude appuyé sur le bras de son fauteuil, et la tête inclinée sur sa main.

Zoé ne fit point attention à cette interruption et continua.

— Il était constant que ce mouchoir avait été oublié par mégarde, et non laissé avec intention; je serrai, en soupirant, ce gage involontaire d'un amour fugitif, en regrettant mon beau rêve si vite évanoui.

J'eus au Mont-d'Or un succès éclatant; nous revînmes à Paris en brillant équipage; les distractions, les fêtes, les jouissances du luxe me firent une vie nouvelle; mon aventure de Clermont m'apparut sous un jour étrange; je me persuadai que j'avais été le

jouet d'un songe, j'allais tout oublier, et
j'étais à la veille d'accepter le marché conclu
par l'honorable Madame Jules, tendant à me
rendre la propriété exclusive d'un vieux
garçon riche et débauché que nous avions
recruté aux eaux, et qui, depuis trois mois,
m'obsédait.

Le jour était fixé pour mon installation
dans l'hôtel de M. le marquis de Baux.

Depuis une semaine environ, je passais
mon temps à choisir et à essayer d'élégants
chiffons.

Cependant j'éprouvais des défaillances,
des spasmes, et Madame Jules me trouvant
pâle, fit venir un médecin.

Jugez de ma consternation lorsque, deux
heures après, je vis entrer chez moi ma vertueuse tutrice, l'écume aux lèvres et l'injure à la bouche, qui me déclara que le sa-
vant Esculape dont j'avais reçu la visite me
prétendait sur le point de devenir mère.

J'avouai donc à cette sage conseillère, qui
devenait dès lors une protectrice nécessaire,
j'avouai, dis-je, pour la première fois, le
souper échevelé de Clermont, et la scène

presque-fantasmagorique qui en avait été la
suite.

Nous quittâmes Paris sur-le-champ, sans
rompre avec le marquis, auquel nous sûmes
écrire de façon à lui faire prendre patience.

Je mis au monde en secret, au bout de
trois mois, un enfant qui resta bien caché.

Dès que je pus me mettre en voyage, j'arrivai directement à l'hôtel de Baux, et me
trouvai ainsi, à seize ans, n'ayant plus d'autre
ressource que la carrière de dépravation
dans laquelle j'étais entrée à peu près volon-
tairement.

Je ne prétends pas vous parler de moi :
j'ai eu des jours amers et d'heureux moments, j'ai commis des fautes..... c'est une
affaire entre Dieu et moi ; tenez, continua-t-elle d'une voix basse et tremblante, en
se levant, voici le mouchoir et l'anneau, Herminie est ma fille..... cherchez son père !

XIV

Pétrifié de ce que je venais d'entendre, je ne me hâtai point de rompre le silence de mort qui régnait autour de nous.

Le baron, toujours immobile, semblait endormi.

Zoé, debout, le bras tendu, lui présentait l'anneau, et m'interrogeait du regard.

La porte s'ouvrit, on annonça le notaire, et d'un autre côté, en même temps que le garde-note, parut Herminie, riante et parée, belle à ravir, et qui s'arrêta interdite.

Je m'approchai de M. de Vauvrey, et lui

touchai légèrement le bras, afin de faire cesser cette scène en l'éveillant.

Je redoublai, voyant mon premier aver-
tissement infructueux ; enfin je me penchai
vers lui, et à peine l'eus-je contemplé, que
je poussai un grand cri de terreur.... Mon
pauvre Edmond était évanoui.

Je m'élançai pour appeler du secours ;
M. de Vauvrey fut transporté près d'une
fenêtre ouverte, sa belle promise, toute éplo-
rée, l'entourait de ses bras ; lorsqu'il ouvrit
les yeux et pût la reconnaître, il la repoussa
violemment et s'écria :

— Fuyez ! ne m'approchez pas ! plus de
mariage ! ne vous présentez jamais devant
mes yeux ! la malédiction de Dieu est
tombée sur nos têtes, nous sommes tous
damnés !

Et faisant un effort surnaturel, il se leva,
s'appuya sur mon bras, et sortit en chance-
lant.

Je fus bouleversé de cette véhémence, et
quoique je dusse être ravi de la rupture de
ce funeste mariage, cet heureux résultat
était dû à une circonstance qui semblait être

8

si pénible au baron, que je n'avais pas la force de m'en réjouir.

Il s'était laissé déshabiller sans résistance, et mettre au lit où je l'entendais s'agiter et soupirer; je ne pouvais pas l'interroger, j'étais obligé d'attendre ses confidences; je ne pouvais pas non plus m'ingénier à le consoler, j'ignorais le motif de sa douloureuse colère; je restai donc silencieux et indécis, résolu cependant à tout faire pour le soulager.

Au milieu de la nuit il m'appela, et se mettant sur son séant, il me pria d'un air très-sérieux de renvoyer son valet de chambre qui le veillait, et de m'asseoir à ses côtés.

Je me hâtai de lui obéir, et dès que nous fûmes seuls, me prenant les mains entre les siennes, il me dit avec l'accent de la plus vive tendresse :

—J'ai à vous faire, mon cher Louis, une longue et terrible confession, et je me reproche amèrement aujourd'hui de ne vous avoir pas plus tôt ouvert mon cœur; à vous, mon meilleur ami; à vous, dont les conseils et l'amitié n'ont failli à aucune affliction de ma vie.

— Calmez-vous, lui dis-je, mon cher Edmond, tâchez de dormir, plus tard je serai prêt à vous entendre; quoique tout ce qui s'est passé ce soir soit une énigme pour moi, je vous ai vu sous l'empire d'une violente émotion, et je sens qu'il vous faut avant tout du repos.

— Non, non, dit le baron, je parlerai à présent ou jamais! mes idées sont troublées, ma tête s'égare, et je crois qu'avant peu je vais mourir ou perdre la raison, tué par les secousses inattendues que j'ai subies.

Il s'arrêta, mit son visage dans ses mains, et je l'entendis sangloter.

Enfin il reprit ses esprits et continua :

— Vous savez, Sorbier, que je choisis la carrière militaire de mon plein gré, peut-être même un peu contre le désir de mes parents, dont j'étais l'unique enfant, et qui craignaient pour moi les hasards de la guerre. J'étais enthousiaste de mon état, et j'en remplissais les devoirs avec zèle; j'eus toujours toutefois, dans le métier des armes,

le guignon le plus constant; il était rare que
j'assistasse à la plus mince escarmouche sans
remporter quelque horion, et à ma quatrième bataille (on se battait beaucoup et
souvent dans mon jeune temps), je reçus un
si furieux coup de feu en pleine poitrine,
que j'en fus à l'extrémité pendant plus d'une
année; après de terribles souffrances, et une
convalescence difficile, je conservai une toux
sèche et opiniâtre qui alarma cruellement
mon père, et les médecins de Paris ayant
conseillé pour moi le séjour de Nice, mon
bon père obtint du colonel de mon régiment
une prolongation de congé, et ses ordres,
transmis au correspondant de son banquier,
me firent trouver, tout en débarquant, un
gîte convenable.

J'habitais un tout petit appartement fort
commode, de trois pièces, au rez-de-chaussée d'une bastide située non loin de la mer.
Le reste de la maison servait de résidence à
une honnête famille composée de vieux parents et d'une ravissante jeune fille, à peine
sortie de l'enfance.

Ce fut son extrême jeunesse et l'enfantil-

lage de ses manières qui me la firent rechercher. Si elle avait eu le moins du monde l'air
d'une femme ou d'une grande fille, j'aurais,
sans aucun doute, fui son approche. J'étais
alors triste et sauvage comme vous m'avez
vu dès ma sortie du collége; un horrible
ennui et un vide affreux me rendaient in-
supportable aux autres et à moi-même.

Mes passions ont été très-violentes, parce
qu'elles ne se sont développées que fort
tard.

A l'époque de mon voyage à Nice, j'avais
vingt-sept ans et n'avais encore jamais aimé;
je connaissais toutes les théories de l'amour,
mais la pratique m'était étrangère. J'avais
été remis entre les mains des hommes de
fort bonne heure, et je n'eus point de sœur;
ma mère était un ange, je l'adorais, me la
posais pour modèle, et ne comprenant les
femmes que respectables et respectées, j'avais
un invincible dégoût pour toutes celles qui
ne pouvaient pas l'être.

Je passais mon temps très-solitaire à Nice;
je ne voulus faire connaissance avec personne; toutes mes relations avec le corres-

pondant du banquier de mon père se bornaient à un échange de rares billets.

Je ne me promenais que le soir au bord de la mer, et toujours seul ; la journée était employée à l'étude. Assis auprès d'une fenêtre, je voyais folâtrer la jeune fille de mes hôtes ; cette enfant, isolée et négligée, passait ses jours dans un désœuvrement d'esprit complet. Elle épanchait son irrésistible besoin d'aimer sur tout ce qui l'entourait.

Elle avait une ménagerie montée, des oiseaux de toutes espèces, des abeilles, et plein le jardin des fleurs en profusion qu'elle cultivait avec une persévérance et une sollicitude inouïes.

J'ignore comment s'appelait ma petite voisine : je ne lui ai connu que le nom charmant de Marie. Je pense que ses parents étaient des indigènes ; on ne parlait dans la maison que l'italien et l'allemand ; et, comme mon domestique et moi ne comprenions pas un mot de ces deux langues, il était impossible d'établir des relations d'intimité entre les deux ménages.

Marie, seule, savait le français ; le vieux

père, attaqué d'un mal incurable, ne quittait
point sa chambre, où sa compagne lui pro-
diguait ses soins. L'enfant était abandonnée
à elle-même; mais, jusqu'à mon arrivée,
elle n'abusa pas de sa liberté.

La première fois que je me présentai à
elle subitement au détour d'une allée, elle
poussa un cri de frayeur et s'enfuit comme
une biche effarouchée; je fus longtemps à
l'apprivoiser; elle redoutait mon approche;
mais aussi, comme le moindre coup de vent
l'épouvantait pour ses fleurs et ses fruits,
qu'après chaque goutte de pluie elle venait
vérifier les dégâts, et qu'une chenille dans le
calice d'une rose l'eût fait évanouir, il fallut
bien qu'elle s'habituât à me rencontrer quelquefois dans les abris les plus reculés de son
empire parfumé, puisqu'elle ne pouvait se
décider à s'abstenir de le visiter sans
cesse.

Cependant la glace fut rompue entre nous,
à la suite d'un orage dont elle contemplait
les ravages avec des yeux en pleurs.

Mes connaissances en botanique me per-
mirent de lui donner quelques avis; et de-

puis, dans les cas urgents, elle me cherchait afin de me consulter.

Enfin nous fûmes amis : elle me découvrit tous les trésors de son âme pure et candide; et je me plus à l'instruire, car elle était ignorante à l'excès.

Elle était pétulante et ne pouvait s'astreindre à rester en place; cependant j'obtins d'elle qu'elle m'écoutât avec attention; je lui appris la géographie, l'histoire, et elle voulut savoir dessiner et peindre, afin de reproduire sur le papier les couleurs éclatantes et les formes gracieuses de ses fleurs aimées.

En récompense de sa patience, je me laissais enseigner la sainte Écriture, dont elle possédait tous les détails avec précision et qu'elle narrait avec des grâces adorables; nous tressions, pendant ces récits, des couronnes pour orner l'église les jours de grande fête, et nous travaillions ensemble au jardin; en cueillant des bouquets nos mains souvent se rencontraient saisissant la même tige, et ses longues boucles blondes se mêlaient à ma chevelure, en mettant à un arbrisseau un tuteur que je maintenais tandis qu'elle l'attachait.

Cette vie à deux fut longtemps sans péché, elle cessa de l'être presqu'à notre insu.

Ce fut sous un oranger en fleurs, par un beau clair de lune, que je parlai d'amour à Marie pour la première fois; elle m'écouta sans colère, et depuis ce moment ce fut entre nous une rivalité constante de douces paroles et de tendres soins qui, peu à peu, nous fit arriver par une pente rapide au précipice, au bord duquel s'arrêtent l'innocence et la vertu.

Je fus coupable..... et nous fûmes heureux ! Je fus seul coupable, n'en doutez pas. Et au milieu de mon délire, lorsque je vis pleurer Marie, j'eus des remords, et je maudis mon bonheur; il fut immense, pourtant, croyez-le bien; je n'y saurais songer aujourd'hui sans attendrissement.

Je vécus ainsi près d'une année dans les bras d'un ange; ces célestes joies goûtées si tard, perdues si promptement, et qu'aucune autre jouissance dans le reste de mon exis-

tence n'a pu égaler, ont mis mon cœur en
deuil et flétri l'avenir.

Nous vivions seuls au milieu de nos fleurs,
ne songeant qu'au moment présent, lorsque
la foudre tomba sur nos têtes sous la forme
d'un valet de chambre de ma mère; il vint
me prendre à Nice en grande hâte, pour
assister à l'agonie de mon père qui ne voulait
pas mourir sans me voir.

Il arriva avec une chaise de poste dans
laquelle mes paquets furent emballés en un
instant.

Ma petite amie était absente, elle était allée
cueillir des fraises dans la forêt voisine;
quel retour; hélas ! quelle douloureuse surprise ! Peut-être m'accusa-t-elle de perfidie,
d'ingratitude !

Je lui écrivis un déchirant adieu ; et fus
porté sans connaissance dans ma voiture ; je
n'ai jamais revu Marie, je n'ai su ni son nom,
ni même son âge ; telle avait été mon incurie !

XV

Après avoir rendu les derniers devoirs à
mon père, il me fallut réjoindre mon régiment; c'est alors que je perdis ma jambe; je
fus longtemps malade, et dès que je pus,
sans risque, me mettre en voyage, je courus
à Nice.

La chère villa, but de mes espérances,
était déserte; j'eus grand'peine à découvrir
que le vieux père de ma belle Marie était
mort peu après mon départ; elle avait quitté
Nice avec sa mère, et depuis on n'avait plus
entendu parler d'elles.

Toutes mes démarches pour retrouver mes
chères amours furent sans succès, et Dieu
m'est témoin pourtant, que j'y employai mes
soins avec un zèle ardent ; et aujourd'hui,
après trente années passées dans le tourbillon
du monde et des affaires, l'immuable regret
de sa perte, toujours vif et poignant, vit au
fond de mon cœur !

Le baron se tut, en proie à une émotion
visible.

— Cette touchante histoire de vos premières amours, mon cher Edmond, lui
dis-je, ne m'explique pas vos fureurs ......

— Ah ! s'écria-t-il en frissonnant, l'horrible aveu qui me reste à vous faire sera ma
punition la plus sévère ; dès que j'aurai
parlé, je deviendrai pour vous un objet
d'horreur et de dégoût, vous me fuirez. ....

Je pressai sa main sans lui répondre.

— Je suis, ajouta-t-il d'un ton si bas que
j'eus peine à l'entendre, je suis l'amant déclaré d'Herminie. . . .

— Eh bien ? dis-je en souriant.

— Zoé, en nous contant son aventure de
Clermont, n'a pas été véridique, elle s'est

donnée le beau rôle; du reste le fond est vrai... Le mouchoir et la bague m'appartiennent... Je les oubliai en la quittant au point du jour.

Je sentis mes cheveux se dresser sur ma tête.

Le baron de Vauvrey, mon ami depuis cinquante ans, l'âme la plus honnête qui se puisse rencontrer, le cœur le plus noble qui ait jamais battu dans une poitrine d'homme, était le héros d'une abominable catastrophe, l'auteur involontaire d'un crime qui révolte la nature!

Je restai stupéfait.

— Vous le voyez, Louis, dit-il avec accablement, je vous fais horreur.

Que pouvais-je dire à cet homme pour le réconcilier avec lui-même? Esclave de l'honneur pendant toute sa vie, à un excès poussé jusqu'au fanatisme, de la plus minutieuse délicatesse en toutes choses, il se trouvait, depuis quelques mois, poussé à commettre ou à sanctionner toutes sortes d'actions douteuses ou de faits honteux.

Et en interrogeant ses souvenirs de jeunesse, il arrivait que ce qu'il avait toujours considéré avec raison comme une folie sans conséquence, dégénérait au bout de dix-huit ans en un crime odieux!

C'était à confondre l'intelligence!

Nous fûmes l'un et l'autre fort agités le reste de la nuit ; je crois bien que je vieillis de dix ans en quelques jours.

M. de Vauvrey se leva le lendemain après une longue nuit d'insomnie, calme en apparence, mais brisé.

Il sortit à midi sans dire où il allait, et m'avertit que si j'y consentais, nous pourrions partir pour Paris le jour suivant, vers le soir, par la malle-poste.

J'acceptai cette proposition avec empressement, et voulant consacrer toute ma soirée à mes bons amis Wolmann, je m'occupai sur-le-champ de mettre en ordre mes bagages.

La nouvelle du départ de M. de Vauvrey se répandit avec la rapidité de l'éclair dans toute la maison ; Zoé envoya plusieurs messages à son adresse, et se décida enfin à

monter elle-même pour tenter la chance
d'une explication.

J'essuyai de sa part une scène de violence
impossible à décrire ; je ne pouvais rien lui
dire pour la calmer, car j'étais aussi ignorant qu'elle, relativement aux projets ulté-
rieurs du baron, et n'étais point autorisé à
divulguer les motifs de son courroux de la
veille.

Mais Zoé ne voulait pas croire à cette
ignorance ; elle me fit part égale avec lui
dans son ressentiment, et sortit après avoir
vociféré un torrent d'effroyables menaces.

La nuit était venue, je me disposais à me
rendre chez Wolmann, lorsque M. de Vauvrey arrivant du dehors, m'apparut haletant
et troublé.

Il m'arrêta par le bras et me dit :

— Sorbier, la Zoé a retrouvé son frère à
point nommé pour en faire le vengeur de ce
qu'il lui convient d'appeler son injure... Cet
honorable redresseur de torts vient de me
provoquer sur la place publique par des
propos et des gestes qui veulent du sang.

Je ne veux pas, poursuivit-il, en éle-

vant la voix, car il voyait que j'allais parler,
et désirait m'en empêcher ; je ne veux pas
qu'on me rappelle mes cheveux blancs, mon
rang et mes blessures, pour me prêcher la
modération et la patience, lorsqu'il s'agit
d'une insulte mortelle..... Je sais ce que je
suis, ce que je vaux, et ce qu'il me convient
de faire !

Vous êtes instruit de mes affaires aussi
bien que moi-même, continua-t-il, tous
mes secrets vous sont connus ; mon testament est enfermé dans cette cassette (il dé-
signa du doigt l'objet qu'il nommait), s'il
m'arrive malheur, vous l'ouvrirez sur-le-
champ, et vous y apprendrez ce que vous
avez à faire.

Maintenant, mon bon Louis, embrassez-
moi ; j'ai besoin d'un peu de recueillement,
laissez moi seul !

L'annonce de ce nouvel et effrayant épisode me causait tant de stupeur, que M. de
Vauvrey aurait pu parler longtemps encore
sans craindre d'être interrompu. Il me parut
un instant que le plafond s'ouvrait et que la
voûte du ciel s'affaissait sur ma tête ; mille

sons confus retentissaient à mes oreilles; j'entendis positivement pleurer, rire et chanter à la fois. L'idée que le baron pût se battre en duel ne s'était encore jamais présentée à mon esprit : maintenant je me le figurais, tantôt l'épée à la main, tantôt une balle au milieu du cœur.

Il était tard; je pensai que cette rencontre ne devait être que pour le lendemain. Je calculais de me procurer de l'opium, d'endormir Edmond, de l'enlever pendant son sommeil, et de fuir avec lui loin de Francfort; enfin je fis en cinq minutes deux cents lieues et vingt projets; je suis sûr d'avoir été fou la durée d'un quart d'heure au moins.

M. de Vauvrey, profitant de mon étourdissement, me reconduisit doucement jusqu'à la porte, prononça d'un ton affectueux quelques paroles que je ne compris point, me poussa dehors et verrouilla la porte.

Je pris le parti d'aller chez Wolmann; je songeais à le consulter, il était homme de sens et de probité; toutefois, je ne pus exécuter ce projet de prime abord, car, en arrivant à la demeure de mes paisibles amis, je

9

trouvai tout le monde triste et déconcerté, la
nouvelle de mon départ étant déjà parvenue
jusqu'à eux.

Là pauvre sœur Marie avait voulu se lever
et prendre place au cercle de famille pour la
dernière fois que j'en faisais partie, mais
Arthur Dervieux n'avait paru qu'un instant
dans la journée, et sa mère était inquiète;
de grosses larmes qu'elle s'efforçait en vain
de retenir roulaient dans ses yeux qui er-
raient sans cesse de la pendule à la porte avec
anxiété.

Wolmann, au bout d'une heure de conversation générale fort languissante, me prit
à part et me dit précipitamment :

— Je suis hors de moi ; mon neveu vient
de me faire tenir, il y a environ deux heures,
un billet mystérieux qui m'effraie, et je ne
sais quel parti prendre. Lisez ce qu'Arthur
m'écrit et conseillez-moi.

Il mit entre mes mains, avec précaution,
ce billet qu'il venait de recevoir. Voici ce
qu'il contenait :

« Adieu mon oncle, je vais mourir, j'espère! Je vous recommande ma mère; j'ai

« retrouvé ma sœur pour rougir d'elle à
« jamais, et la foudre est tombée sur ma
« tête, car j'ai acquis la preuve qu'Herminie
« n'était plus digne de l'amour d'un homme
« de cœur ; je désire que vous ignoriez tou-
« jours tous ces mystères, mais ne me pleu-
« rez pas, car l'horreur que m'inspire un
« passé odieux, et l'inutilité de tenter de
« rien réparer dans l'avenir, me rendent la
« vie impossible ! Je vais venger l'injure
« faite à celle qui me fut chère ; je vais me-
« surer mon épée avec celle du monstre au-
« teur de son déshonneur et du mien ; il a
« mérité mille morts....... et pourtant je
« me laisserai tuer, car quand on veut mou-
« rir on ne se défend pas ! »

Je poussai un cri étouffé et m'élançai
hors de la maison, car j'avais tout compris,
Arthur était l'adversaire de M. de Vauvrey.

XVI

J'aperçus à deux cents pas devant moi, quelques torches vacillantes qui éclairaient de leurs sinistres lueurs l'obscurité de la rue ; elles paraissaient servir à guider dans l'ombre un cortége qui marchait lentement ; le tumulte de voix nombreuses, des murmures et des plaintes me firent appréhender tous les malheurs, et je restai les yeux fixés sur cette vision, les pieds attachés aux pavés sans pouvoir recorder mes idées.

Bientôt le convoi, en s'approchant, rendit les objets plus distincts, et je vis le baron

tête nue, penché avec sollicitude vers un
brancard, sur lequel était un homme privé
de sentiment, et enveloppé de linges ensan-
glantés. A la porte de la maison, les gens
qui le portaient déposèrent un instant leur
fardeau; je m'avançai alors et reconnus
avec une horreur indicible les traits d'Arthur.

— Est-il mort? m'écriai-je en étendant les
mains vers le baron.

— Hélas! dit-il, je le crois!

— Il lui faudrait de prompts secours,
peut-être n'est il qu'évanoui, reprit un indi-
vidu qui paraissait être le principal acteur de
cette scène et diriger les autres.

— En tout cas, nous ne pouvons rester
au milieu de la rue.

— Grand dieu! m'écriai-je, retrouvant
ma présence d'esprit, en face d'un danger
imminent. Arrêtez, par pitié! n'apportez pas
brutalement un cadavre défiguré aux pieds
d'une mère qui attend son fils vivant, et qui
mourra de sa mort; laissez-moi, s'il se peut,
la préparer à recevoir cette dépouille.

En ce moment, une idée lumineuse, à ce

qu'il me parut, traversa mon cerveau ; je
calculai que le vestibule, l'escalier et la
chambre de sœur Marie n'avaient de fenêtres
que sur le jardin ; il s'agissait donc seulement de la faire sortir du parloir et rester
chez elle, où je pourrais l'accompagner pour
plus de sûreté, et nous aurions alors toute
la nuit pour nous concerter quant aux
moyens de lui annoncer son malheur ; sœur
Marie était sauvage, elle se derobait aux
regards des étrangers, et je songeai à introduire Edmond chez Wolmann sous le premier prétexte venu, certain qu'à l'instant
Marie s'esquiverait.

Tout ce plan, assez long à expliquer, se
forma dans ma tête en moins d'une seconde.

Je priai ces messieurs d'avoir un quart
d'heure de patience, et, prenant M. de
Vauvrey par le bras, je le mis au fait de mon
projet en quatre paroles.

Il fut convenu que j'entrerais seul, il
devait se faire annoncer quelques minutes
après.

Je trouvai le parloir comme je l'avais
laissé ; je m'assis en face de Marie, elle était

silencieuse, paraissait plus calme, et regardait la flamme du foyer.

Tout à coup la porte s'ouvre, M. de Vauvrey s'avance la tête haute.

Au bruit de sa démarche irrégulière et du bruit sec de sa jambe de bois qui retentissait à chaque pas sur le parquet, sœur Marie tourna les yeux vers lui, et au lieu de s'intimider, ainsi que je l'avais supposé, elle se prit à le considérer avec curiosité, l'examinant de l'air d'une personne qui cherche à retrouver ses souvenirs; je la vis porter la main à sa tête, puis à son cœur, comme pour en contenir les battements.

Pendant cette pantomime, mon vieil ami avait atteint le foyer, ne regardant que Wolmann, auquel j'avais fait mon petit compliment en lui présentant le baron.

Après la réponse de notre hôte, M. de Vauvrey voulut parler, mais aux premiers mots qu'il articula :

— Edmond! s'écria sœur Marie, en s'élançant vers lui, et poussant un cri retentissant, Edmond! je te revois enfin, je puis mourir! Et elle l'étreignit de ses deux bras.

— Marie! ma douce Marie! disait ce dernier, d'un accent passionné, mon ange consolateur! Dieu m'a pardonné, sans doute,
puisqu'il t'envoie vers moi, nous ne nous
quitterons plus.

Ces pauvres créatures, sur lesquelles
la main du Seigneur s'appesantissait avec
tant de courroux, oubliaient tout à ce moment délirant d'une réunion qu'ils n'espé-
raient plus.

Mais une femme est toujours mère; celle-
ci, jetant les yeux autour d'elle, reprit d'une
voix remplie de caresses :

— Je te dirai bien des choses, Edmond,
tristes et douces.... plus tard..... et tout-
à-l'heure..... peut-être..... tu verras....
ton fils!..... ton fils..... entends-tu bien,
Edmond? ton fils, mon Arthur! et tu seras
fier d'être son père comme je suis glorieuse
d'être sa mère.

A ces paroles, le baron tomba foudroyé.

Et moi, épouvanté de tant d'horreurs, je
perdis tout courage, et j'éclatai en sanglots.

Ainsi donc, M. de Vauvrey avait été

l'amant de ses deux filles, et venait de tuer son fils.

Le pauvre Arthur avait eu le bonheur de mourir, ignorant une partie des monstruosités dont l'infortuné baron eut toute l'amertume. Ce jeune homme ayant, par hasard, rencontré Zoé, l'explication qu'ils eurent ensemble amena la découverte de leur fraternité.

Alors Zoé, cœur de bronze et âme de fange, guidée par la colère et le désir de la vengeance, ne songeant qu'à son intérêt et conservant l'espoir de tout réparer, sans calculer les suites inévitables de son imprudence et les malheurs qui en pouvaient résulter, raconta à son frère l'insultante rupture de la veille.

Celui-ci méprisait Herminie ; mais, hélas ! il l'aimait encore ! Haïssant l'homme qu'elle lui avait préféré, indigné de l'éclat d'une injure qui perdait sans retour cette jeune fille, souffrant de sa souffrance, heureux d'être son unique appui et de lui donner son sang, alors qu'elle avait rejeté et méconnu son cœur, il avait défié le baron, et le fer meur-

trier de ce déplorable père avait tranché les
jours de son fils, sans que ce dernier eût eu
le temps d'apprendre à quel point sa liaison
d'autrefois avec Herminie avait été un fait
odieux.

Mais qu'avait donc fait M. de Vauvrey
pour que la main de Dieu le frappât si rude-
ment? Quelle faute avait pu commettre cet
homme, dont je connaissais la vie entière,
qui jouissait, à juste titre, de l'estime publique, dont toutes les pensées, sans cesse
tournées vers le bien, ne lui faisaient accomplir que des actions généreuses?

Pourquoi cette auréole de crime autour
d'une si noble tête? Etait-ce une malédiction
divine qui poursuivait un coupable dans sa
descendance jusqu'à la quatrième ou cinquième génération?

Zoé et Herminie accoururent à la maison
de deuil, et complétèrent, par leurs cris, la
scène de désolation qui s'y passait. Je re-
nonce à vous la peindre.

L'inconsolable Marie rendit le dernier soupir dans la nuit, après avoir, sur son lit de
mort, pardonné à sa misérable fille. La cou-

pable Zoé eut, à cette heure suprême, une
lueur fugitive, mais sublime, de désespoir
frénétique et de remords; elle eut des élans
de sombre éloquence qui nous arrachèrent à
nous-mêmes.

Elle se jeta aux pieds de sa fille, en présence des restes décolorés de sa mère infortunée, et toujours courtisane jusque dans la
douleur, elle nous fit une scène pathéthique,
dont la poétique beauté ne put cependant
pénétrer le cœur d'Herminie, qui répondit à
tout par des reproches amers d'une sanglante
ironie, et enfin, par les éclats d'une déchi-
rante angoisse, d'une bouillante colère et de
solennelles imprécations.

Je vivrais un siècle encore que je ne pourrais, sans frissonner, me rappeler ce moment.

Cette belle morte, immobile sur son lit,
ses amis éplorés autour d'elle; cette femme
échevelée, haletante, prosternée, suppliante,
baignée de larmes, presque folle, adressant
sa plainte, tantôt à celle qui ne l'entendait
plus, tantôt à celle qui ne voulait pas l'entendre, également repoussée par sa mère

morte et insensible, ou par sa fille vivante,
mais implacable, qui ne lui parla que pour la
maudire.

XVII

Le baron était entre les mains des médecins ; le danger premier de son état n'existait
plus, mais il était à peu près idiot à la suite
d'une espèce d'attaque d'apoplexie occa-
sionnée par les violentes émotions si malheureusement compliquées, qu'il avait éprouvées
coup sur coup.

Je lui avais charitablement souhaité la
mort, ne comprenant pas, le connaissant ce
qu'il était, qu'il pût vivre désormais.

Maintenant j'étais tenté de demander à
Dieu qu'il restât insensé, car, avec sa raison,

reviendrait la conscience du passé et l'horreur du présent et de l'avenir.

J'apportai tous mes soins à ce que les
détails intimes qui concernaient le baron et
les siens, demeurassent renfermés dans le
cercle du plus étroit intérieur; Wolmann
me seconda, et nous y eûmes d'ailleurs peu
de peine; excepté la maladie et la mort qui
ne sauraient se cacher, rien ne transpira au
dehors.

Arthur et sa mère reposent ensemble; ils
furent portés le même jour à leur dernière
demeure; nous suivîmes tous ce lugubre cortége dont la double ordonnance étonna la ville
que nous traversâmes lentement; à mesure
que nous avancions, le silence se faisait autour de nous, les habitants se pressaient sur
le seuil de leurs portes, et on voyait les traits
de leurs visages empreints d'une expression
de frayeur mêlée à celle de la surprise.

Ils se demandaient sans doute, si quelque
épidémie avait fondu sur leur terre natale,
en contemplant ces deux chars funèbres
marchant à la suite l'un de l'autre, et chacun
contenant une triste dépouille.

Hélas ! les passions des hommes sont plus destructives cent fois que la peste ; que la guerre, ou que la faux du temps !

La pauvre Marie et son fils furent déposés dans l'endroit le plus solitaire du cimetière. Une seule pierre couvre les deux tombes, sans inscription ni sentence ; deux noms, et une date ; pour les amis, c'est assez, et pour les indifférents, qu'importe !

Le terrain assez vaste qui leur appartient est entouré d'une grille fort haute, et rempli d'admirables fleurs.

Ce soin touchant pris par Wilhelmine me fit monter les larmes aux yeux, et me reporta au milieu de ces sinistres apprêts, au temps des jeunes amours du pauvre baron et de l'ange que nous pleurions.

Lorsque la commune fosse de ces chères victimes fut comblée, que tout fut achevé, quand chacun eut payé son tribut de larmes et envoyé sa prière vers le ciel, Herminie demanda à rester seule dans ce lieu désolé.

Je trouvai son maintien si farouche, et son regard si impérieux, que je conclus qu'il fallait la satisfaire.

Nous nous éloignâmes donc, navrés de regrets cuisants; Wolmann prit avec sa famille le chemin de sa demeure, et moi je reconduisis Zoé, qui faillit vingt fois perdre connaissance pendant le trajet.

Durant les trois jours qui s'étaient écoulés depuis la catastrophe d'Arthur, j'avais eu le loisir d'achever tous mes préparatifs de voyage; j'avais hâte de me retrouver à Paris, car il me paraissait que ce qu'il fallait avant tout à M. de Vauvrey, c'était le repos et l'éloignement des lieux qui pouvaient lui rappeler le dénoûment fatal à tous ses projets, et les épouvantables découvertes qu'il avait faites.

J'espérais tout du calme et du confort de ma maison; la consolation de son âme désespérée et de son cœur brisé dépendait de Dieu seul, mais s'il existait sur la terre des secours possibles pour son corps affaibli, c'était à Paris uniquement qu'il pouvait les recevoir.

J'avais acheté une excellente voiture dans laquelle j'avais fait disposer un lit; tandis que j'assistais à la cérémonie de l'enterrement, Maclou, docile à mes ordres, avait terminé tous les emballages, et, à mon retour, il n'y avait plus qu'à faire atteler et à partir.

Je montai chez moi pour donner un dernier coup d'œil; on habillait le baron, toujours dans le même état d'insouciance; son médecin était auprès de lui.

J'ordonnai qu'on allât chercher les chevaux, et je descendis pour dire un mot d'adieu à Zoé qui, pendant ce court moment, s'était mise au lit.

Cette femme qui, trois jours auparavant, m'inspirait un dégoût haineux parfaitement raisonné, était devenue pour moi, depuis nos malheurs communs, l'objet d'une vive pitié.

Je la trouvai suffoquée de sanglots et tordant ses bras avec rage; j'essayai de la calmer par quelques paroles affectueuses et tendres même, qui, à ma grande surprise, lorsque j'y songe aujourd'hui, me sortirent tout naturellement du cœur à son adresse, malgré moi, et que je ne regrette pas toutefois, si alors elles ont pu la soulager.

Comme le temps pressait et que mon malade m'attendait, je lui fis un plan de conduite sommaire, relativement à ses procédés futurs envers Herminie, dont il était convenable de laisser la douleur entièrement indépendante, l'exhortant à se séparer d'elle, si cette dernière en manifestait le désir, et à ne la surveiller que de loin, avec mesure et secret.

Je lui conseillai, de plus, de quitter Francfort le lendemain même si elle pouvait; car les événements qui venaient de se passer avaient fait un certain scandale.

Et, quoique le fond des choses n'eût pas été connu, le peu qui en avait transpiré, à savoir la rupture du mariage, plusieurs querelles violentes, le duel avec sa sanglante issue, et la suite cruelle de la mort de Marie, avait suffi pour mettre ces dames en vue de la manière la plus humiliante.

Je terminai en lui faisant promettre d'adopter à Paris les habitudes d'une solitude exacte, à laquelle, du reste, l'obligation du double deuil qu'elle portait devait l'assujettir.

Enfin, comme à chaque mouvement que je faisais vers la porte, la pauvre femme redoublait ses cris, je me hasardai (afin d'adoucir l'amertume du premier moment) à lui donner quelques espérances pour l'avenir.

Je trouvai M. de Vauvrey déjà établi dans la voiture, j'y montai près de lui, et nous partîmes brûlant le pavé tout le long de la route, ne nous arrêtant nulle part, excepté cinq minutes de temps en temps pour prendre un bouillon ou du café qu'on nous passait par la portière, et que nous consommions sans descendre, pendant qu'on changeait de chevaux.

Nous arrivâmes ainsi sans accident jusqu'à Paris.

J'avais écrit pour donner mes ordres d'avance, ils avaient été parfaitement exécutés, et ma digne femme de charge s'était surpassée.

M. de Vauvrey se laissa installer chez moi sans faire ni questions ni remarques; il était doux et facile, n'exigeant rien, acceptant tout, et souffrant sans se plaindre.

Mais il ne pouvait supporter la vue d'un jeune homme, ni celle d'une femme quelconque.

Un jour que j'étais auprès de son lit, le croyant endormi, je fis signe à ma fille, qui, depuis un instant, avait passé la tête plusieurs fois par la porte entr'ouverte, de venir me parler.

Elle s'approcha sur la pointe du pied, le baron s'en aperçut et tomba dans d'affreuses convulsions.

Plus tard, lorsqu'il commençait à aller mieux, plusieurs semaines déjà après notre retour, il était une fois établi auprès du feu, dans un grand fauteuil; il arriva qu'un tout petit garçon de ma fille, très-joli enfant de deux ans, espiègle, hardi et étourdi, ayant dérobé un jouet à sa sœur plus âgée que lui d'une année, fuyant devant elle afin de conserver le fruit de son larcin, et se sentant près d'être atteint, se précipita dans la chambre du baron dont la porte s'ouvrait précisément alors, pour donner passage au médecin.

Le petit fou, emporté par l'ardeur de la

course, passa presqu'entre les jambes du bon
docteur, et vint tomber aux pieds du malade,
rassemblant autour de sa blonde tête les plis
de l'ample robe de M. de Vauvrey, afin de
se mieux cacher aux regards de ma petite-
fille que la poursuite de son joujou avait
aussi entraînée dans cette chambre.

Le tableau était délicieux, mais j'en crai-
gnis l'effet, et comme j'étais présent, j'allais
enlever les enfants, lorsque le baron, souriant à mon petit Edouard et à sa sœur, me
pria de les lui laisser un instant ; il les ques-
tionna, s'amusa une demi-heure de leur
babil, et le lendemain les redemanda encore.

Depuis ce jour, Edouard et Lydie devin-
rent les hôtes habituels de l'appartement
du baron, et peu à peu ses tyrans.

XVIII

Après six mois entiers de soins et d'in-
quiétudes, Monsieur de Vauvrey recouvra
sa raison et sa santé ; j'ignore si ce fut le
triomphe de l'art ou celui de la nature ; en
tous cas, ce fut le résultat manifeste de la
volonté de Dieu !

Mon malheureux ami, résigné et repen-
tant, se plongea plus que jamais dans l'exer-
cice de toutes les vertus qui faisaient le fond
de son caractère, il y joignit quelques saintes
pratiques et l'observance exacte des minuties

religieuses; dans ce temps-là aussi, il fit un puissant effort sur lui-même, et avec l'assistance de son notaire, qui était de plus son ami, et moi en tiers, il s'occupa de régler sérieusement ses affaires de fortune et de famille.

C'est alors qu'il nous avoua avec la décision la plus positive que jamais il ne reconnaîtrait Zoé pour sa fille; sa résolution à cet égard était irrévocable; je n'essayai pas de la combattre, car je comprenais à merveille cette répugnance. Il ajouta que son aversion pour elle était insurmontable, mais que, par respect pour la mémoire de son adorable mère.... (en prononçant ces mots sa voix s'altéra) il voulait tâcher de lui donner une position honorée; en conséquence il chargea M. Augé (après lui avoir donné à entendre certains détails dont il fallait qu'il fût instruit) de trouver, soit dans le barreau ou le notariat, soit parmi ses clients, un homme d'une naissance honnête, dont la position honorable et les antécédents offrissent des garanties pour l'avenir, et de lui proposer la main de Zoé, affectant à la dot de cette der-

nière, une inscription de rente de trente
mille francs de revenu annuel.

Il fit de semblables dispositions en faveur
d'Herminie, qu'il refusa également de voir,
mais pour laquelle il ne témoignait pas le
même éloignement aversif; j'observai qu'il
avait au fond du cœur, relativement à cette
jeune fille, une arrière-pensée qu'il n'osait
traduire ouvertement mais qui le tourmen-
tait.

J'avais si bien l'habitude d'interpréter ses
moindres gestes, que je lui découvris facilement cette idée fixe et incessante, et que,
prenant mon pauvre ami en pitié, je voulus
le délivrer de cette persévérante obsession.

Un jour donc qu'il paraissait assez calme,
je le conduisis avec adresse sur le terrain
des souvenirs, et mettant à l'espèce d'interrogatoire que je lui fis subir, autant de précaution que d'insistance, je finis par le faire
convenir qu'il était affligé de savoir Herminie aux mains de Zoé, et qu'il désirait pas-
sionnément trouver un moyen de l'arracher
à tout jamais à l'influence de cette femme
perverse.

Je n'obtins pas cette explication de ses
sentiments intimes d'un seul trait ; il hésita
plusieurs fois, s'arrêta pour chercher les
termes qu'il lui convenait d'employer, évita
avec bonheur de prononcer le mot de fille
ou de mère en parlant de ces deux femmes
et de leur affinité de parenté tant entre elles
que vis-à-vis de lui, mais il n'acheva pas son
discours sans balbutier souvent et rougir
beaucoup.

Je lui dis alors, afin de lui mettre l'esprit en repos, que je ferais en sorte de lui
donner satisfaction de ce côté, et que je lui
demandais quelques jours pour accomplir la
rupture qu'il souhaitait.

Aussi bien, fallait-il que quelqu'un prît
sur soi d'aller apprendre à Zoé et à sa compagne, de quelle manière M. de Vauvrey
avait fixé leur sort, les sacrifices qu'il faisait
en leur faveur, et celui qu'il exigeait d'elles.

J'acceptai cette corvée ; mais ce fut avec
une extrême répugnance ; j'éprouvais à
l'égard de cette démarche des mouvements
intérieurs que je ne pouvais définir ; la suite
me prouva que c'était un pressentiment.

Au milieu de tous ces soins, il arriva que ma fille, à force de prières et de caresses, me décida à me laisser traîner à une représentation qui avait lieu au Théâtre Français, au bénéfice de je ne sais plus quel acteur; nous arrivâmes dans notre loge au moment où on levait la toile.

J'aime les beaux vers, je m'assis donc en silence, et j'écoutai religieusement sans détacher mes yeux de la scène.

Cependant dans l'entr'acte, je me mis, la lorgnette à la main, à inspecter la salle, et surtout en vrai connaisseur amateur, je m'occupai plus volontiers de la partie féminine des spectateurs; la réunion était brillante, tout Paris y était ce soir-là.

— Voici, me dit tout à coup ma fille, une jeune femme qui attire tous les regards; comme c'est charmant d'être jolie, tout le monde vous admire; regardez-là, père, elle est vraiment belle.

— Où cela? fis-je, de quel côté?

— Dans la quatrième loge de gauche, aux premières.

Je tournai ma lunette vers l'endroit indiqué, et poussai malgré moi un cri étouffé.

Dans cette loge, avec trois jeunes gens, lions les plus renommés du monde élégant, dans cette loge, nonchalamment étendue sur son fauteuil de velours, se trouvait Zoë, parée, riante, le bouquet à la main et le sourire aux lèvres.

Dans ce premier moment, je ne m'alarmai pas de l'absence d'Herminie ; en dépit de sa corruption elle avait du cœur, elle, jamais elle n'aurait voulu danser sur la tombe, si récemment creusée, de ceux qui étaient morts pour elle et par elle.

Celle-ci, belle comme un ange, fraîche, rajeunie, coiffée à ravir avec des plumes noires dans ses magnifiques cheveux blonds, laissait voir des épaules et des bras de déesse, sortant d'une gracieuse robe de dentelle noire créée dans les ateliers de Palmyre.

Celle-ci, dis-je, la plus éclatante planète de cette collection de resplendissantes étoiles, les faisait toutes pâlir.

Elle était si insoucieuse, si calme, que je me frottai les yeux pour m'assurer que j'étais bien éveillé.

Elle avait donc tout oublié? mère, frère,
père et fille? Elle cherchait le monde, elle
osait y paraître! Enveloppée de crêpes funèbres, elle osait rire! Elle avait tué Marie,
assassiné Arthur, brisé la vieillesse du baron,
perdu Herminie sans retour, et elle osait
vivre! et seule elle survivait à tous! et elle
était riche, élégante, elle courait les fêtes,
on l'entourait.... Mon Dieu! pensai-je, que
votre monde est mal arrangé!

Je ne parlai point à M. de Vauvrey de la
rencontre que j'avais faite; mais je résolus
sans plus tarder de faire le lendemain à Zoé
la visite projetée.

Je m'acheminai vers sa demeure à onze
heures du matin, calculant qu'à cette heure-
là, il devait déjà faire jour chez elle, mais
qu'il serait cependant assez tôt pour que je
pusse la trouve seule, et lui parler sans
témoins.

La porte me fut ouverte par un laquais
inconnu (il paraît qu'elle avait changé tous
ses gens à son retour des eaux); cet homme
appela pour me répondre une soubrette que
je n'avais jamais vue, qui arriva le nez en

l'air, le bonnet sur l'oreille, en vraie grisette de Paris, les mains dans les pochettes de son tablier, et avançant sous une jupe assez courte un pied fort mignon.

Cette intéressante personne me demanda, d'un petit air impertinent, ce que je désirais ?

— Voir votre maîtresse, lui répondis-je; n'est-ce pas ici la demeure de madame Zoé de Verville ?

— C'est ici, reprit-elle d'un ton décidé, la demeure de madame de Verville, mais il ne s'en suit pas que vous puissiez la voir.

— Ayez la bonté de m'annoncer, dis-je à cette fille, je ne suis pas libre de mon temps...

— Vous êtes toujours libre de sortir, il me semble, ajouta-t-elle de propos délibéré (et uniquement, je crois, dans le but de faire rire le domestique, qui n'y manqua pas), et je vous conseille d'user de cette liberté.

— Trêve d'insolence, petite, lui dis-je avec impatience, le temps me presse...

— Monsieur ! fit-elle sèchement, Madame n'y est pas.

— Eh bien ! conduisez-moi auprès de mademoiselle Herminie.

— Herminie! s'écria-t-elle; qu'est-ce que c'est que ça? connais pas; Madame est seule, Dieu merci! Plus souvent que je servirais deux maîtresses, pas si bête!

— Eh bien! annoncez à madame de Verville M. Sorbier, voici ma carte.....

Et j'accompagnai l'injonction d'une pièce d'or, argument irrésistible, lorsqu'il s'adresse à un membre de l'estimable corporation des caméristes de femmes du genre de Zoé.

Je fus annoncé, reçu, et introduit cinq minutes après dans la chambre à coucher de Zoé.

Le cœur me battait violemment en y entrant, car cette femme avait encore en son pouvoir le moyen de rendre le baron malheureux; tout le calme à venir de mon pauvre vieil ami, dépendait du refus ou de l'acceptation de Zoé, lesquels dépendaient à leur tour, de son caprice du moment.

XIX

Je trouvai l'arbitre de nos destinées fu-
tures, tête-à-tête avec un tout petit jeune
homme sans barbe, dont les manières dé-
gagées me révélèrent les droits; cette circonstance me fit venir la pensée que ma né-
gociation pourrait bien être plus difficile
encore que je ne le croyais.

Elle congédia cet enfant en le priant de la
venir prendre à trois heures après midi pour
se promener ensemble à cheval au bois de
Boulogne, et dès que la porte fut fermée,
elle s'écria sans le moindre embarras :

— Eh bien! M. Sorbier, que me direz-vous de neuf?

Je lui comptai en peu de mots la maladie du baron.

— Bah! fit-elle, ce pauvre vieux, il a été si mal que ça? moi qui l'avais calomnié!

Je continuai à parler des souffrances de Monsieur de Vauvrey, voulant faire de mon récit, la préface des propositions dont j'étais porteur.

Zoé avait une calotte grecque posée sur l'oreille, des babouches aux pieds et une robe de chambre attachée avec une corde-lière, dont elle faisait sauter les glands de-vant elle en m'écoutant; tout à coup elle m'interrompit, en disant:

— Il paraît que la mort en voulait;... il s'est défendu crânement, c'est un brave mi-litaire!... du reste c'était bien le cas de se regimber... Qu'a-t-il fait de la petite?

— Quelle petite? répliquai-je aussitôt; au fait, vous parliez tout à l'heure de ca-lomnie... Que savez-vous, que vous a-t-on dit?

— Rien! me répondit-elle en riant; mais

je le soupçonne de m'avoir enlevé Herminie,
ce digne père; il veut supprimer une génération.

— Herminie n'est plus avec vous! m'é-
criai-je d'une voix éclatante (sans songer à
me scandaliser de l'inconvénante liberté des
propos de la courtisane), où donc est-elle?

— Me l'avez-vous donnée à garder?... dit-
elle, en me regardant d'un air impertinent.

J'aurais souhaité pouvoir écraser cette
horrible créature; mais je me contins, voulant à tout prix connaître le sort d'Herminie.

Je lui dis donc, en imposant silence à tous
mes sentiments de révolte et de dégoût, que
le baron, désormais et pour le reste de son
existence sans doute, trop souffrant pour
appartenir à la vie active et pour subir aucune émotion, avait pris pour les intérêts pé-
cuniaires de ses deux filles, certains arran-
gements dont j'allais lui parler, mais que je
devais lui confesser, tout d'abord, que M. de
Vauvrey exigeait pour première condition
de ses bienfaits, que les deux sœurs, mère
et fille, seraient séparées sans retour, et
qu'ayant reçu ses instructions positives rela-

tivement à Herminie, et lui ayant promis de
m'occuper moi-même de tout ce qui la con-
cernait, je lui demandais de m'apprendre en
quel lieu je devais la chercher.

— Est-ce que le baron prétendrait la reconnaître ou l'adopter? dit-elle, sans répondre à ma question.

— Jamais! répondis-je, ni elle ni vous;
ses bontés se borneront à des munificences
financières; j'ai entendu parler de trente
mille francs de rente sur l'Etat pour cha-
cune, ajoutai-je négligemment, spéculant sur
le caractère connu de Zoé, qui passait pour
la femme la plus avare et la plus intéressée
qui se puisse rencontrer.

— J'espérais, en l'éblouissant par la magnificence de ce présent, la rendre plus facile
et plus coulante sur le reste.

— C'est joli! dit-elle, mais sera-ce tout?

— Oui, certes, ripostai-je vivement, et
sans retour possible sur la succession.

— Allons donc! fit-elle, ou connaît ses
droits.

— Quels droits? m'écriai-je, ceux d'une
naissance illégitime?

J'affectai un ton sévère et positif.

Vous serez bien en peine de les faire valoir, quoi que vous disiez; il n'existe aucun acte, aucune correspondance qui puisse aider à vérifier un pareil fait; le baron se refuse formellement à avouer sa parenté avec vous; votre mère n'est plus, elle était la seule personne dont vous pussiez invoquer le témoignage; encore n'eût-il servi, au cas où elle l'eût donné, qu'à autoriser un scandale pour vous inutile; car la recherche de la paternité est défendue, vous devez le savoir!

Soyez donc docile, poursuivis-je, cédez avec une respectueuse complaisance aux volontés d'un vieillard malheureux qui pourrait se montrer dur et sévère, et qui ne se signale que par des générosités et de l'indulgence; votre cœur devrait vous guider et vous instruire; et sinon que ce soit l'intérêt de votre fortune future!

— Que veut-il, enfin?

— Il veut qu'Herminie soit remise en mes mains, pour que j'exécute sur-le-champ, à son égard, les dispositions irrévocables qu'il a prises.

— Nous, sommes donc (dit-elle avec un calme apparent, mais en réalité violemment agitée) nous sommes donc arrêtés dès les premiers pas, car ma fille (elle la nomma ainsi pour la première fois depuis la scène tragique de Francfort), ma fille n'est point avec moi, et j'ignore ce qu'elle est devenue.

— Juste ciel! que m'apprenez-vous?

— La vérité pure; nous avons laissé Herminie agenouillée sur la tombe d'Arthur; c'est d'après votre conseil que je me décidai à l'y abandonner; je ne l'ai plus revue depuis, elle avait promis de me rejoindre bientôt, j'attendis jusqu'au soir sans inquiétude; lorsque la nuit fut venue, j'envoyai au cimetière, il était désert; j'allai moi-même chez les Wolmann, on n'avait point entendu parler d'elle; vous étiez partis, il me vint à la pensée que peut-être le baron avait voulu l'emmener, se réservant de disposer d'elle à son gré. Alors j'allai dans l'appartement qu'elle avait occupé, tout paraissait en ordre; elle avait beaucoup d'argent et de précieux bijoux qui provenaient des largesses de M. de Vauvrey, ces objets, d'ordinaire, étaient renfermés dans un tiroir dont elle portait toujours la clef sur elle; ce tiroir était ouvert et vide; elle avait pu facilement cacher toutes ses richesses dans ses poches, elle n'avait d'ailleurs emporté de ces élégants chiffons, que le chapeau et le châle qu'elle avait mis pour sortir.

Le lendemain matin, à mon réveil, une lettre me fut remise; elle avait été apportée pendant que je dormais, le messager était parti sans dire d'où il venait.

Cette lettre était d'Herminie; attendez! je crois l'avoir conservée. Elle fouilla un instant tous les recoins d'une grande cassette pleine de billets parfumés, finit par trouver ce qu'elle cherchait, et me tendit un petit papier sur lequel je lus ces mots écrits:

« Adieu ! Epargnez - vous de vaines re-
« cherches, vous ne me reverrez jamais! J'es-
« père racheter par mes larmes les crimes
« de tous les miens ; je tâcherai de ne plus
« vous maudire et de vous pardonner. »

Je regardai Zoé, elle parcourait, en souriant, un billet qu'elle avait pris par contenance.

Quel cœur, quelle insouciance dans de pareils moments ! Et elle disait le plus simplement du monde, comme une chose naturelle, qu'elle avait dormi la nuit qui avait suivi le jour de la disparition d'Herminie !

Elle avait dormi du sommeil du juste après avoir mis en terre, son frère, mort assassiné par sa faute, son frère qu'elle avait aimé d'amour avant de savoir qu'il était son frère !

Elle avait dormi après avoir vu sa mère mourir de douleur !

Elle avait dormi !... et sa fille était perdue... morte aussi peut-être ! C'était affreux !

— Le sens de ce billet est clair, lui dis-je ; c'est dans une maison religieuse qu'il faut chercher la pauvre enfant, n'avez-vous pas compris cela ?

— Ma foi ! reprit-elle, je n'ai pas songé à essayer de comprendre ; chacun agit à sa guise, chacun est libre de sa personne ; c'est bien le moins ! continua-t-elle, en bâillant bruyamment.

Je la regardai avec étonnement et dégoût.

Personne n'avait plus d'élégance native
que Zoé ; personne ne pouvait être plus
réellement femme du monde qu'elle, lorsqu'elle le voulait ; mais quand elle le voulait
aussi, et c'était souvent chez elle une affecta-
tion préméditée de mauvais goût, elle devenait triviale de langage, d'attitudes et de
manières, au point de faire mal au cœur.

Las et découragé d'une si longue altérca-
tion, convaincu de ne rien gagner sur l'obs-
tination de Zoé, désolé d'avance du surcroît
de chagrin qu'aurait M. de Vauvrey des nouvelles que j'allais être obligé de lui donner au
sujet du triste et unique objet de sa sollicitude sur la terre, je me hâtai de terminer
une conférence qui n'avait déjà que trop
duré, et posant avec netteté et catégorique-
ment les conditions du baron, je demandai
avec sécheresse une réponse définitive à la
question du mariage, si positivement exigé,
que le refus de le conclure entraînait la perte
de la fortune promise.

Je vis les lèvres de Zoé blanchir ; un éclair
de rage contenue brilla dans ses yeux, et un
frisson nerveux agita tout son être.

Ce fut tout! elle fit un effort suprême, et au bout de quelques minutes de silence, recueillie en elle-même, je la vis soudain se lever pour prendre les pincettes et raccommoder son feu, comme s'il s'agissait d'un entretien familier.

Puis se tournant vers moi, avec une physionomie empreinte d'une malice féroce :

— Votre baron est fou, mon cher! il a oublié de mourir, et je vous conseille de le faire enterrer d'autorité; me proposer à moi d'épouser un clerc de notaire, quelque saute-ruisseau, gratte-papier, ou bien un campagnard marchand de bœufs, ou un troupier estropié dans son genre? Si c'est de cette façon que sa tendresse doit se manifester, je l'en tiens quitte.... j'ai vécu sans lui trente-six ans, je m'en passerai bien encore.... Je suis riche, je le serais davantage demain si je voulais.... cela dépend de moi, mais je ne me soucie pas d'être honnête femme, c'est trop ennuyeux; qu'il garde ses bienfaits et m'honore de son indifférence; mon métier me convient, je n'en veux point changer; je serai belle dix ans encore.

Et elle jeta un regard furtif vers le miroir de la cheminée.

Je suis la reine de Paris, et je resterai reine!

A ces mots, prenant un paquitos, elle l'alluma à la flamme du foyer, aspira deux bouffées de fumée, et me les lançant au visage :

Est-ce là tout ce que vous aviez à me dire, mon petit? ajouta-t-elle de son ton de lorette effrontée.

— Je rendrai compte de cette entrevue à M. de Vauvrey, lui dis-je, c'est à lui à décider s'il peut tolérer vos projets, ou ce qu'il veut sacrifier pour obtenir que vous y renonciez.

Je me levai pour sortir, et j'avais déjà ouvert la porte, lorsque cette mégère courant après moi m'arrêta par le bras, et me dit :

— Qu'il ne s'occupe plus de moi, et je le laisserai en repos, je vous le jure! mais s'il m'inquiète, dites-le lui bien, s'il me tourmente, j'apprendrai au public que M. le baron de Vauvrey est mon père, qu'Herminie est sa fille, et que je suis sa mère!

Je m'enfuis épouvanté!

XX

J'allai, tout d'une haleine, chez le bonhomme Augé, qui demeurait par delà les
ponts, afin de lui faire le fidèle narré de ce
qui venait de se passer, et de me concerter
avec lui pour ce qu'il restait à faire. Après
une assez longue consultation, je repris le
chemin de mon domicile; j'étais pensif, pré-
occupé, marchant les yeux baissés.

Je vis venir sur moi, en traversant la place
Louis XV, une nombreuse cavalcade d'é-
cuyers du beau monde; je me rangeai pour
les laisser passer..... Zoé était au milieu

d'eux, montant un fougueux coursier, couvert d'écume, qui rongeait son frein, et qu'elle maniait avec une grâce et une adresse incomparables ; elle me jeta un regard terne comme on en accorde à un inconnu, et poursuivit son chemin.

Je n'ai jamais revu cette femme ; elle a persisté dans son honorable carrière. A l'heure où j'écris ces lignes, elle vit encore ; elle a tué toute sa famille, soit physiquement, soit moralement, et cependant elle est heureuse, gaie, riche, et toujours belle, toujours blanche et blonde, avec des regards d'ange, des sourires de fée et une âme de démon.

Ce monstre dénaturé, cette femme sans cœur, est pourtant le tendre fruit des premières amours, des seules amours d'une vierge pure et candide, et du plus généreux, du plus vertueux, du plus noble et du plus délicat des hommes !

Jamais on n'entendit parler d'Herminie ; nous fîmes, pour la retrouver, pendant longtemps et sans succès, les plus exactes recherches en France et à l'étranger.

Il y a trois ans seulement, j'obtins de très-vagues renseignements au sujet d'une jeune religieuse française, morte dans un couvent, à Rome, et dont l'arrivée dans la communauté, où elle avait plus tard fait profession, correspondait à l'époque de la disparition d'Herminie.

L'ignorance de son sort fut, durant des années, le supplice des jours et le cauchemar des nuits du baron. Il eut un instant la pensée d'embrasser l'état ecclésiastique; je le fis promptement renoncer à ce projet, en lui prouvant que, dans le monde, on faisait son salut, si on voulait, aussi bien que dans un cloître; et qu'avec son immense fortune, l'influence de sa position sociale, et l'estime générale qu'il s'était acquise, il pouvait faire une foule d'actions bienfaisantes et expiatoires, aussi méritantes devant Dieu que les mortifications de la chair et les ennuis de l'isolement pour lesquels il était peu fait, et dont il n'avait pas l'habitude.

Il me crut, resta comme il était, et fit bien.

Tant qu'il conserva l'espoir de retrouver

Herminie, il fut à-peu près semblable à lui-
même ; mais, quand il fallut y renoncer, il
tomba dans un abattement qui subsiste encore aujourd'hui.

J'ai pris le maniement de ses affaires, et je
les dirige à mon gré ; il fait du bien autour
de lui avec profusion, et n'a de volontés que
sur l'article des aumônes.

Pour tout le reste, il m'obéit ; je dispose de
tout à l'intérieur comme à l'extérieur ; il est
doux, facile ; je l'aime comme une chose à
moi, et qui, sans moi, cesserait d'être !

Nous passons trois mois de l'année chez
lui, dans sa terre d'Auvergne, trois mois dans
ma petite maison de campagne dans la ban-
lieue, un mois chez ma fille en Normandie ;
et le reste de l'année à Paris ; nous sommes
vieux et fatigués tous deux, nous ne nous
quitterons plus ; j'espère pour lui qu'il
mourra avant moi, car que deviendrait-il,
le pauvre ?

Souvent, lorsque je le regarde, mes yeux
se remplissent de larmes ; je compare ce
temps avec l'abandon de sa vieillesse ; de tous
les incidents de sa longue vie si agitée, il ne

se rappelle que ce qui se rapporte à la déplorable Herminie.

Quel abîme que le cœur de l'homme !
Celui-ci hait d'une aversion profonde et implacable la fille de la seule femme qu'il ait
aimée, il ne lui pardonne pas le crime involontaire d'être tombée dans ses bras alors
qu'elle ignorait qu'il était son père, tandis
que le même crime, doublement odieux,
commis par la fille de cette femme détestée,
le trouve indulgent, et lui laisse au cœur
d'éternels regrets épurés, toutefois, par le
repentir.

J'ai rempli ma tâche ; la triste histoire que
j'avais entrepris de vous conter est achevée ;
j'ai réveillé dans mon cœur d'amers souvenirs éteints, des douleurs endormies, des
colères oubliées, et je me sens brisé !

N'espérez pas que je vous dise ce que sont
devenus tous les acteurs qui ont figuré dans
mon drame.

Maclou est toujours au service du baron,
il vieillit avec nous.

Le prince allemand règne sans doute.

Le maréchal est mort il y a quelques mois.

J'ignore les destinées de l'ami Frantz, et je suppose que l'ignoble comtesse de Bamberg et son affreux époux sont encore ce qu'ils étaient, et ne sauraient être autre chose.

Les Wolmann m'écrivent de temps en temps; ils ont perdu un enfant, je crois; Wilhelmine, dans chaque lettre de son mari, place pour moi une fleur desséchée, cueillie par elle sur la tombe d'Arthur et de Marie.

FIN.

MADEMOISELLE TERTIO

12

Ce qui suit est également une histoire véritable dans ses moindres détails; j'ai changé
les noms seulement et le lieu de la scène,
mais j'ai laissé toute transparente la gaze qui
voile les personnages.

Sans doute, il est pénible de voir à vingt-cinq ans de distance, dévoiler des turpitudes oubliées, et mon récit tardif d'un si ancien scandale, pourrait peut-être s'appeler une exécution.

Mais ce dont je suis très-certaine, c'est de n'avoir ni inventé ni propagé aucune calomnie.

Je serais bien confuse, bien malheureuse, si par légèreté ou insouciance, si par un motif d'intérêt personnel, ou pour toute autre raison, avouable ou non, j'avais essayé, avec préméditation, de flétrir l'existence d'une autre, de tuer moralement une femme.... une mère!.... en l'accusant, ou en la laissant accuser d'une action honteuse, d'un crime...

. . . .

. . . .

. . . .

. . . .

. . . .

Je suis un peu conteuse, en ma qualité d'auteur, et aussi parce que je suis femme... Or, il me prend envie de vous conter une petite anecdote aussi vraie que tout le reste, car je me pique de véracité.

J'ai connu deux Françaises, mariées en pays étranger, et dans la même famille; la plus âgée était jalouse de la plus jeune. . . . d'abord, parce qu'elle était plus jeune, ensuite parce qu'elle avait encore une foule d'autres supériorités.

Il y avait même entre elles rivalité de

malheur... Mais voilà qu'un beau jour la balance de douleur penche davantage du côté de notre jeune femme... les désastres s'accumulent... la mesure de ses maux est comblée.... Alors son envieuse compatriote, fausse et perfide, heureuse de la voir au bord de l'abîme, et dans l'espoir de l'y précipiter plus vite, se joint à des parents cruels afin de l'accabler.

La pauvre victime se défend courageusement, triomphe et pardonne, sans toutefois pouvoir oublier.

Le fait est parvenu à ma connaissance ; je l'ai trouvé odieux, il m'a paru qu'il méritait une vengeance, et je l'ai accomplie en quelques traits de ma plume.

Mais je l'ai accomplie loyalement, en rendant pour d'infâmes calomnies une simple médisance. . . . et j'ai signé mon œuvre.

Que chacun prenne sa part ; à bon enten-deur salut ! La vengeance est le plaisir des Dieux... et des femmes !

———

MADEMOISELLE TERTIO

— · ✦ · —

I

Dans une très-jolie chambre d'un en-
tresol, rue Taitbout, par une sombre mati-
née d'automne, deux hommes fumaient pai-
siblement assis à droite et à gauche de la
cheminée où brûlait un grand feu, ayant
entre eux un guéridon chargé des débris
d'un appétissant déjeûner.

Le plus âgé, qui était évidemment l'am-
phytrion, pouvait avoir environ quarante-
cinq ans; il était de taille moyenne, et les
larges plis de la robe de chambre de cache-
mire gros-bleu doublée d'écarlate dont il
était enveloppé, trahissaient un léger embon-
point; la beauté aristocratique de ses mains
et de ses pieds, chaussés de pantoufles bro-
dées en or, décelait le gentilhomme; il
avait le sourire agréable, le regard bien-
veillant, sa chevelure, qui commençait à
s'éclaircir, montrait parmi ses boucles
blondes, de nombreuses mèches argentées
qu'il ne prenait aucun soin de dissimuler,
et le calme de ses manières, ainsi que la
lenteur de sa parole, contrastaient singuliè-
rement avec la vivacité et la volubilité de
son ami.

Celui-ci, âgé tout au plus de vingt-cinq
ans, était grand et mince; sa tenue et sa mise
annonçaient de grandes prétentions à l'élégance la plus raffinée, et sa physionomie
parfaitement insignifiante ne pouvait four-
nir à un observateur aucun indice sur son

caractère. . . . . . Ce jeune homme ressemblait à tous ceux qui ne ressemblent à personne.

Après un assez long espace de temps, pendant lequel ces deux messieurs savourèrent silencieusement le parfum du Maryland en regardant la flamme du foyer, M. de Nerval, le maître de la maison, jetant au feu le bout de son cigare, s'écria comme conclusion définitive à une précédente discussion :

— Du reste, mon cher Léon, tu es servi au gré de tes désirs ; pour le moment c'est là l'essentiel.

— Et je n'oublierai pas que c'est à toi que je dois cette satisfaction, mon bon Nerval, répond celui-ci d'un ton caressant.

— Fais hommage de ta gratitude à ta mère, reprend Nerval, je n'y ai aucun droit.

— Comment ! répéta Léon, surpris ; je croyais que c'était toi qui avais obtenu pour moi au ministère ce congé tant désiré ?

— Oui, mais seulement à la prière, à la prière instante et réitérée de ta pauvre mère, qui est toujours d'une impardonnable faiblesse!

— Il est heureux alors, dit Léon en riant, que tu aies pour ma mère la même faiblesse que ma mère a pour moi, sans cela je courrais grand risque de vivre et de mourir dans ce charmant pays où votre sollicitude à tous deux m'a envoyé il y a tantôt quatre ans.

— Te voilà bien malade, je te conseille de te plaindre!

— Je voudrais t'y voir!

— Léon, fit Nerval, je ne suis pas très-sûr que ta nomination, à laquelle j'ai beaucoup contribué, n'a pas été une injustice; la place dont tu parles avec tant de dédain, est enviée par des gens dont la naissance et la fortune sont supérieures aux tiennes, et qui y avaient plus de droits que toi!... Secrétaire d'ambassade à vingt ans, songes-tu bien à ce que cela vaut pour ton avenir?

— Tout près du pôle ! murmura Léon.

— La Suède est un pays admirable, inté-
ressant.

— Pour les antiquaires et pour les sa-
vants, répond Léon.

— Pour tous ceux qui comprennent
quelque chose au delà des jouissances maté-
rielles et positives, mon bon ami, dit Nerval
avec douceur.

— Et le climat ? fit Léon avec une moue
railleuse.

— Bah ! répondit gaiement Nerval,
sommes-nous des femmelettes ou des poi-
trinaires ? avec une bonne fourrure, on
se tire galamment d'affaire ; et les courses
en traîneaux sont, tu l'avoueras, une agréable compensation, un passe-temps charmant, que Paris, malgré ses délices, ne
saurait nous offrir.

Ah ! poursuivit-il, perdu dans un souvenir, Stockolm est une ville de plaisir !...
J'y ai passé six années de ma jeunesse, six
heureuses années !

— C'est égal, j'espère bien n'y jamais re-

tourner, soupira Léon, mais pas assez bas
pourtant, car son ami l'entendit.

— Léon ! s'écria-t-il sévèrement ; tu oublies la position de ta mère, tu oublies les
cruelles privations qu'elle a dû s'imposer
afin de te faire ce que tu es devenu ;
tu oublies surtout, je le soupçonne fort,
ce qu'elle a maintenant droit d'attendre de
toi !

— Mon Dieu ! Nerval, dit Léon en rougissant, tu t'emportes tout de suite, on ne peut
pas causer avec toi ; si c'est là l'accueil que
tu me fais, ce n'était pas la peine de m'in-
viter.

— Tu sais qu'il y a des sujets sur lesquels
je ne veux pas plaisanter.

— Au lieu de me gronder, poursuivit
Léon, tu devrais bien plutôt m'aider à sortir
d'embarras.

— Allons ! fit l'autre avec inquiétude, il y
a du nouveau ; voyons, parle !

— Bon ! s'écria Léon, en frappant ses mains
l'une contre l'autre, te voilà toujours avec tes
mauvaises pensées !. . . . Il s'agit tout sim-

plement d'une interminable liste de commis-
sions dont j'ai été obligé de me charger,
comme font tous les malheureux qui partent
pour Paris.

— Tu m'avais fait peur ; n'est-ce que cela?
la belle affaire!

— Tu crois? eh bien! c'est tout bonne-
ment une calamité ; on perd un temps
énorme à courir çà et là dans Paris; on se
décide, après mille hésitations, à faire em-
plette d'objets auxquels on ne comprend
pas grand chose, on expédie... et pour
remercîment on reçoit une lettre foudroyante remplie de reproches amers et
de sanglants sarcasmes sur votre maladresse et votre mauvais goût. . . . . . Je connais cela, moi qui te parle, j'y ai déjà été
pris.

— En effet, c'est triste, dit Nerval, en souriant; je n'y vois qu'un remède; pries la
mère de remplir cette corvée en ton lieu et
place.

— C'est une idée! dit Léon; ensuite il y
a des lettres pour des individus qu'il faut

chercher sur le pavé de Paris, des lettres
sans adresses !

— Par exemple ? fit Nerval, riant aux éclats
de la figure sérieusement effrayée du jeune
homme.

— Ah ! mon Dieu, les voici ! s'écria Léon ;
et plongeant la main dans la poche de côté
de son paletot, il en tira son portefeuille
qu'il ouvrit, et prenant dans une des cases
un petit paquet attaché avec un ruban bleu
qu'il dénoua, il se mit à lire des noms à haute
voix :

— Sir John Naseby !

— Tu prendras des informations à l'ambassade d'Angleterre.

— Le prince Banaloff...

— *Item* à l'ambassade de Russie.

— La comtesse de Mirville, la baronne
d'Arbois, madame de Tournemont...

— La belle des belles, dit Nerval ; ces
trois femmes, mon cher, sont jeunes,
belles, riches, élégantes, tout le monde
les connaît ; si tu veux, je puis me charger...

— Du tout! interrompit vivement Léon; si ce que tu dis est vrai, j'aime mieux faire ces commissions-là moi-même.

— Comme tu voudras, je n'y tiens pas, fit négligemment Nerval, en haussant les épaules.

— Quant à celle-ci, reprit Léon, je te l'abandonne volontiers, attendu que la personne à laquelle elle est adressée doit avoir cinquante ans.

— Merci, répond Nerval, je n'y tiens pas non plus.

— Tu n'aurais pas la peine de chercher longtemps, continue Léon, car l'adresse y est.

— Elle s'appelle?

— Ah! voilà; un grimoire qu'il n'y a pas moyen de prononcer sans l'épeler auparavant. Madame de Krukenthalen; quel nom!

— Comment as-tu dit? s'écria Nerval.

— Kru-ken-tha-len, répéta Léon.

— Une Suédoise?

— Non, fit Léon; je ne l'ai jamais vue, mais je sais qu'elle est Française. Son mari est mort, conseiller d'Etat; elle a marié sa fille unique il y a cinq ans, et elle est revenue habiter la France.

— Qui t'a donné la lettre?

— La jeune femme, qui est bien gentille, ma foi!... Elle m'a prié de voir sa mère souvent... Mais ceci est une autre affaire, tu conçois; la bonne vieille doit être passablement ennuyeuse.

Pendant que son ami parlait, Nerval s'était levé et avait précipitamment commencé à s'habiller.

— Où demeure madame de Krukenthalen? demanda-t-il à Léon, qui semblait se disposer à partir.

— Rue de Lille, répondit ce dernier.

— Si tu veux m'attendre trois minutes, reprit Nerval, après quelques moments d'hésitation, je sortirai avec toi.

— Où irons-nous? fit Léon.

— Où tu voudras.

— Chez madame de Krukenthalen, dit malicieusement Léon.

— Pourquoi non?

— Tu ne la connais pas.

— Qu'importe?

— Mais permets-moi de te dire, s'écria Léon avec impatience, que c'est impossible; je ne puis pas...

— Et qui te dit que je ne la connais pas? interrompit brusquement Nerval, dont la toilette était achevée, et qui prit le bras de son ami, afin de l'entraîner.

Tous deux suivirent les boulevards, descendirent la rue de la Paix, traversèrent les Tuileries, et gagnèrent la rue de Lille, par le Pont-Royal et la rue du Bac; Nerval était agité, soucieux, et Léon, très-surpris et fort intrigué, respectait le silence de son compagnon.

Arrivés au but de leur course, nos deux promeneurs apprirent du concierge que madame de Krukenthalen était sortie. Reprenant alors le même chemin, ils rentrèrent au jardin, où Léon, feignant une extrême fatigue, engagea Nerval à s'asseoir un moment; puis, commençant l'entretien avec précaution, il employa adroitement toutes les ressources de son esprit à s'efforcer d'obtenir de Nerval, dont la préoccupation était visible, qu'il lui expliquât les raisons de l'intérêt qu'il paraissait prendre à madame de Krukenthalen.

M. de Nerval aimait beaucoup Léon. Il avait surveillé son éducation et ses débuts dans le monde; c'était à ses yeux presque un fils; d'ailleurs il lui connaissait des qualités solides, un profond attachement pour lui et un excellent cœur; enfin, il était sous le poids d'une de ces émotions qui font trop souffrir lorsqu'on doit les cacher; ainsi, il était tout prêt à céder aux instances de Léon, quand celui-ci s'écria :

— Si tu voulais m'offrir à dîner au café de Paris et prendre un cabinet particulier, j'écouterais avec un indicible plaisir l'histoire du secret qui, je le soupçonne fort, existe entre madame de Krukenthalen et toi.

— Voici, dit Nerval, souriant malgré lui, une manière toute nouvelle de solliciter une confidence qu'on brûle d'entendre.

— Et qu'on brûle de faire, ajouta résolument Léon; ne t'en défends pas, mon bon...
Voyons, c'est dit, n'est-ce pas?

— Dînons plutôt chez moi... répondit
Nerval faiblement, l'histoire est longue,
et...

— Convenu! interrompit Léon. A sept
heures précises, je suis à toi.

Et les deux amis se séparèrent pour se retrouver, trois heures après, assis devant une
table splendidement servie, dans une élégante salle à manger, chaude, parfumée et
brillamment éclairée.

Nerval s'occupa beaucoup de son jeune
convive, mais il fit peu d'honneur au repas ; le café et les liqueurs furent ensuite
portés au salon, ainsi que l'attirail nécessaire aux fumeurs, et lorsque le dernier
laquais se fut retiré, et que ces messieurs
se virent confortablement établis dans de
moelleux fauteuils, Léon somma Nerval de
tenir la promesse qu'il lui avait faite le
matin.

Celui-ci qui rêvait parut se réveiller, et,

passant la main sur son front à plusieurs reprises, comme pour en chasser une pensée douloureuse, il fixa son ami d'un air doux et triste, et lui dit :

II

— En 1827, j'avais vingt ans; je venais d'être nommé au poste que tu occupes aujourd'hui, secrétaire d'ambassade à la légation française en Suède.

A mon arrivée à Stockolm, je trouvai la cour et la ville en rumeur, à propos d'une circonstance qui aurait sans doute passé inaperçue à Paris, mais dans les petites villes, tout fait événement.

Il y avait à cette époque un prince de Waldeck, qui était le plus riche seigneur du royaume, le premier de l'état après les princes de la famille royale ; il remplissait de hautes fonctions, il était l'ami du monarque, et possédait sa confiance entière. . . . Venu à Paris en 1815, avec toute l'Europe, il en avait ramené une maîtresse charmante.

Cette femme se nommait Madame Duparc ; nom de guerre bien entendu. Elle était de basse extraction, et il était notoire qu'elle avait passé par des épreuves difficiles à avouer ; le prince l'avait prise bien bas pour l'élever jusqu'à lui. Toutefois elle était belle et spirituelle ; or une femme d'esprit, quelle qu'elle soit, trouve toujours en elle-même des ressources pour dominer sa position ; elle avait le ton et les manières de son ancien état, néanmoins elle parvint à se façonner un peu, et comme M. de Waldeck était un vieillard blasé, toujours accablé de devoirs importants et d'affaires sérieuses, il était

bien aise, en rentrant chez lui, d'y trouver
pour délassement le babil peu mesuré et
le laisser aller de la belle parisienne.

Celle-ci, quoiqu'elle fût l'amie d'un grand
seigneur puissant, n'avait point été acceptée
par la haute aristocratie de Stockholm ; elle
avait dû se contenter d'une société passablement équivoque et médiocrement recom-
mandable, et elle se consolait des triomphes
auquels elle ne pouvait atteindre, avec sa
jolie maison montée sur un pied princier,
son brillant équipage, ses diamants et
l'amour du prince. Ce dernier, égoïste
comme ses pareils, croyait être quitte envers
elle parce qu'il l'avait ramassée dans le ruis-
seau, pour en faire presque une grande
dame.

Cependant ce que Madame Duparc aimait
dans le prince, ce n'était pas sa personne,
comme de juste, mais la position qu'il lui
avait faite ; elle désirait la conserver, et,
comprenant à merveille que son règne fini-
rait le jour où elle aurait des rides au visage
et des cheveux blancs sur la tête, elle cher-

cha, et trouva le moyen unique de faire
survivre son empire à sa beauté.

Elle se rappela donc que sa sœur, qui
était cuisinière à Dijon, avait trois filles ;
elle écrivit sur-le-champ une lettre mystérieuse à une amie de ses anciens jours, qui
fit, par son ordre, un voyage en Bourgogne,
et qui ramena soudain à Paris, dans un pen-
sionnat en renom, afin de l'y placer, la plus
jeune fille du cordon bleu, délicieuse enfant
de quatorze ans, qui arriva au milieu de
quatre-vingts pensionnaires moqueuses, portant les plus beaux noms de France, avec
son costume de paysanne et ses pieds nus,
chaussés de gros sabots.

La nièce de la courtisane, grâce à l'opu-
lence de sa tante, avait les mêmes soins et les
mêmes professeurs que les filles des nobles
dames, mais elle avait de moins qu'elles l'intelligence, et devint promptement leur victime.

Elles l'appelaient, par taquinage, *la belle
et la bête*. Si la dénomination était exacte,
quant au physique et aux facultés intellec-

tuelles de la pauvre enfant, elle manquait de justesse en ce sens que la belle et la bête des contes des fées sont deux personnages tout à fait distincts... mais on n'y regarde pas de si près lorsqu'on veut donner un sobriquet.

Tant est qu'on ne put, en dépit des plus consciencieux efforts, rien enseigner à la Bourguignonne; elle apprit à grand'peine à lire fort mal et à écrire d'une affreuse écriture. Jamais elle ne réussit à faire une gamme ni à tenir un crayon ou un pinceau; jamais elle ne parvint à mettre un mot d'orthographe ni même à parler français, comme le parlent les gens du monde.

Au bout de quatre ans de labeurs superflus, on fit faire à la jeune fille de belles robes et d'élégants chiffons qui lui allèrent à merveille et qu'elle sut porter; car elle avait l'instinct de la coquetterie, instinct inné chez les femmes, et pour lequel elles n'ont pas besoin d'esprit; puis on l'expédia à son estimable tante.

Tu vois d'ici quel avait été l'espoir de la

Duparc. Elle se flattait que la beauté de la
petite captiverait le vieillard, et qu'elle diri-
gerait sa nièce qui, lui devant tout, aurait
pour elle une obéissance passive.

Cependant, à son éternelle douleur, le
contraire arriva : le prince s'amusa huit
jours des naïvetés de la nouvelle débarquée
et fut sourd à toutes les insinuations ; et
lorsqu'enfin madame Duparc, fatiguée de ne
pas savoir se faire comprendre, employa,
pour approfondir nettement la question qui
l'intéressait, l'intermédiaire d'un commen-
sal de M. de Waldeck, qui était son obligé,
le prince déclara au confident, que la jeune
personne était belle à ravir, mais sotte à
ne pouvoir l'écouter dix minutes, et qu'il
voulait se contenter de l'admirer sans jamais
s'exposer à l'entendre.

C'était cet épisode intime, dont les détails
avaient transpiré, qui occupait tout Stockholm lorsque j'y arrivai.

Je me fis présenter à ces dames : madame
Duparc avait, depuis bien des années, cessé
d'être belle ; il en restait même peu de

traces, minée qu'elle était par les atroces
tortures que lui causait une maladie cruelle
dont elle était atteinte, et à laquelle elle succomba presque subitement, peu de semaines
après mon entrée dans le monde suédois.
Néanmoins elle était spirituelle à l'excès :
l'esprit ne vieillit point; il y avait toujours
de la lorette en elle, mais elle était gracieuse, charmante.

Mademoiselle Laure Tertio, sa nièce, avait
près de vingt ans; elle était excessivement
minaudière, parlait haut et se tenait mal; ses
mains étaient grandes, ses pieds affreux, sa
démarche commune et aussi le son de sa voix;
elle avait mauvaise tournure, quoiqu'elle
fût d'une taille élevée et à peu près bien faite;
les toilettes de bal étaient un écueil pour elle,
car ses bras, sa poitrine et ses épaules étaient
abominables; enfin absence totale de grâce...
Mais la tête en revanche! oh! la tête était
admirable!... Un teint pur, chaud, animé,
de beaux cheveux noirs, de grands yeux
noirs brillants, un beau front, des sourcils
bien arqués, et un nez!... un nez fin, déli-

cat, ciselé… un nez modèle enfin ! Elle avait
les dents comme tout le monde, la bouche
trop grande, il est vrai… mais cette bouche
était vermeille, et tant qu'elle était fermée
tout allait bien, mais, hélas! lorsqu'elle l'ouvrait!… et elle aimait à l'ouvrir malheureusement.

Je n'oublierai jamais ce qui arriva à un officier français qui voyageait en Suède et qui
s'éprit un soir, à l'Opéra, de mademoiselle
Tertio, qu'il apercevait pour la première
fois; afin de lui complaire, je montai, au
milieu d'un entr'acte, le présenter à la
tante et à la nièce, qui le retinrent dans leur
loge.

Lorsque je lui demandai, le lendemain,
comment il avait trouvé son idole, il me répondit ces seuls mots : « L'âne a parlé! » et
il partit sans vouloir la revoir.

Le portrait que je viens de t'esquisser,
mon cher Léon, est d'une exatitude scrupuleuse; malgré cela, ou peut-être bien à cause
de cela, mes vingt ans aidant, je devins pas-
sionnément amoureux de mademoiselle Ter-

tio, et par conséquent jaloux comme un Othello.

Je ne prétends pas te raconter l'histoire de mes amours, tu dois, par ta propre expérience, savoir comment on aime à cet âge.

Laure accueillit avec vivacité l'enthousiasme que je lui témoignai, et, au bout de fort peu de temps, j'avais fait et reçu de solennelles promesses qui autorisèrent mes assiduités dans la maison de sa tante.

Cette dernière, je l'ai su plus tard, avait tracé à sa nièce le plan de conduite qu'elle devait suivre vis-à-vis de moi. Ma passion était si profonde, que j'étais résolu à épouser sur-le-champ mademoiselle Tertio, et j'écrivis à ma bonne et sainte mère une longue lettre tout à fait dans le sens de cette passion et de mes projets.

Quinze jours après, l'ambassadeur me fit appeler dans son cabinet et m'ordonna, sans explications, d'avoir à me tenir prêt à partir pour Paris le soir même, porteur de dépêches importantes.

Le refus était impossible; désespéré, je courus chez Madame Duparc, afin de faire part à ma belle amie du malheur qui me frappait.

Je ne pus voir la tante, elle était à l'agonie, et mourut en effet deux jours après, mais je passai plusieurs heures auprès de Laure, dont l'affliction, à l'annonce de mon départ subit, soulagea mon âme oppressée; nous échangeâmes de tendres caresses et des serments alors sincères, je crois, et je partis, sinon consolé, du moins confiant.

Pendant trois mois je ne reçus pas un mot de Stockholm; j'ai toujours soupçonné ma mère d'avoir mis ordre à ma correspondance. La pauvre femme tomba malade au moment où je me disposais à retourner à mon poste, et je ne pus la quitter, car j'étais sa seule affection sur la terre.

J'eus la poignante douleur de la perdre après quelques semaines de souffrances; et les tristes embarras du partage de sa succession m'absorbèrent ensuite à tel point, que ce ne fut que dix-huit mois après en être sorti, que je rentrai à Stockholm abattu, souffrant, le cœur toujours saignant de la perte de mon adorable mère, et ne désirant plus que le bonheur intime d'un intérieur paisible, avec ma belle Laure pour compagne.

Mais à peine débarqué, j'appris d'étranges nouvelles.

14

III

Madame Duparc, ainsi que je te l'ai dit
tout à l'heure, avait succombé quarante-huit
heures après mon départ, en l'absence du
prince (qui était parti plusieurs semaines
auparavant, afin de traiter à la cour de Dane-
marck des intérêts du roi son maître), et
auquel elle ne put, par conséquent, rien de-

mander à cet instant suprême; d'ailleurs, depuis bien des mois, les sentiments de M. de Waldeck avaient changé à l'égard de son amie; il lui avait laissé son luxe, car il était généreux, mais il la voyait rarement.

Elle était donc morte isolée; à peine avait-elle expiré, que sa maison fut mise au pillage par des serviteurs infidèles, qui, en prévision de l'événement, avaient, pendant les deux précédentes nuits, emporté clandestinement de l'hôtel les objets précieux confiés à leur garde, décidés à dire, ainsi qu'ils le dirent en réalité lorsqu'on les interrogea, que la défunte avait disposé de tout de son vivant.

L'intendant du prince était un vieux militaire loyal et franc, que Madame Duparc, au temps de sa faveur, avait tiré d'une position fâcheuse afin de le placer à la tête des affaires de M. de Waldeck dont il avait la confiance entière, et Peters n'avait jamais oublié qu'il devait son aisance et le bien-être de sa famille, aux bontés de l'étrangère.

Cet honnête homme, trop tardivement averti de ce qui se passait chez Madame

Duparc, y courut à une heure déjà assez
avancée, et rien ne saurait donner l'idée de
la scène de désordre qui s'offrit à ses ré-
gards.

Il était impossible de s'opposer à des ra-
pines accomplies : l'hôtel était désert,
la morte gisait abandonnée dans un lit à
moitié défait, et la pauvre Laure, presque
folle de douleur et de frayeur, se jeta au cou
de Peters dès qu'il parut, en le conjurant de
l'emmener.

Le bon Peters trouva au fond d'un tiroir
un vieux châle dont il enveloppa l'orpheline
tremblante ; il rassembla quelques objets oubliés par les voleurs, et entraîna rapidement
la jeune fille loin de ce lieu d'horreur.

En traversant le grand salon pour aller
rejoindre la voiture qui l'avait amené, il
aperçut sur le tapis quelque chose de brillant qu'il ramassa : c'était un beau collier de
diamants échappé, sans doute, des mains des
spoliateurs au moment de leur fuite préci-
pitée.

Mademoiselle Tertio trouva dans la mai-

son de l'intendant un asile honorable et une
tendre sympathie. Au retour du prince, ce
dernier manifesta une complète indifférence
pour la nièce de celle dont la mort lui paraissait une délivrance, et Peters comprit
sur-le-champ qu'il était désormais le protecteur de la fille adoptive de sa bienfaitrice.

Alors il examina attentivement la situa-
tion, dans l'espoir d'y porter un sûr remède;
la beauté dans la misere est une chose ef-
frayante : or, Laure avait peu de principes,
point d'intelligence, beaucoup de mauvais
penchants, et Peters entrevit avec terreur
que, dans toutes les alternatives, une seule
exceptée, le vice serait pour sa protégée la
fin inévitable de toutes choses.

Mademoiselle Tertio n'avait ni la volonté,
ni le pouvoir, hélas! de s'assurer par elle-
même une existence laborieuse et honnête;
la renvoyer à son village avec ses habitudes
de luxe et sa pauvreté, ou la laisser s'établir seule à Stockolm sans ressources, devenait également impossible; tout était danger.

Dans cette extrémité, la seule planche de salut était le mariage; quant à la bien marier, il n'y fallait pas songer : elle aurait refusé un artisan, un seigneur n'aurait pas voulu d'elle. Ici la reconnaissance fit faire au bon Peters un véritable tour de force.

Il déterra un jeune gentilhomme de bonne noblesse, que le jeu et l'inconduite avaient jadis arrêté dans sa carrière; son père, austère magistrat, n'avait jamais voulu payer les dettes de son fils. Il venait de mourir, et le lendemain du jour où sa succession fut ouverte, le petit patrimoine, héritage d'Albert de Krukenthalen, se trouva hypothéqué au-dessus de sa valeur.

Le présent semblait si critique pour Albert et l'avenir si menaçant, qu'il accepta, sans hésiter, la proposition d'épouser mademoiselle Tertio avec cent cinquante mille francs de dot pour libérer ses terres. Les beaux yeux de Laure, qui le fascinèrent dès leur première entrevue, diminuèrent dans son esprit l'ignominie de la mésalliance, et

l'empêchèrent de considérer cette union
comme un sacrifice.

L'intendant fit à la hâte un petit trousseau
à l'orpheline ; il vendit le beau collier qu'il
avait si miraculeusement retrouvé ; puis il
alla rendre compte au prince de ce qu'il avait
fait, et lui dit résolument que, puisque c'était
par sa faute que la jeune étrangère se voyait
dans la détresse, loin des siens, et privée des
richesses de sa tante, parce qu'il avait lui,
M. de Waldeck, formellement défendu qu'il
fût fait aucun scandale au sujet de Madame
Duparc, il était juste qu'il l'indemnisât con-
sciencieusement d'un abandon et d'une ruine
qui provenaient de lui ; et enfin, moitié par
des prières, moitié par des reproches, il ex-
torqua de l'égoïste vieillard la somme de
quarante mille francs qui manquait encore
à la dot promise à Albert.

Mademoiselle Tertio se trouva ainsi, moins
d'un mois après le décès de sa tante, instal-
lée dame châtelaine d'un petit manoir féodal
un peu délabré, en compagnie d'un jeune
mari amoureux et assez convenable ; si elle

avait voulu, elle aurait certes pu vivre heureuse et honorée, mais bon sang ne peut mentir !

Les dix premiers mois furent calmes ; Laure mit au monde une fille que son père idolâtrait ; il redoubla de soins et de prévenances pour la jeune mère ; il crut à un bonheur durable.

Malheureusement pour le pauvre mari, une nombreuse et élégante réunion se forma chez son plus proche voisin, afin d'assister à l'ouverture des chasses.

Au nombre des visiteurs se trouvait un chambellan du roi, favori d'un des princes, le comte de Bimberg, aimable, spirituel, galant, et le plus corrompu des hommes, en dépit de ses désavantages physiques.

Le premier regard qu'il jeta sur Laure décida du sort de deux familles, car le comte avait une mère, une femme charmante, et une fille que ses écarts mettaient au désespoir.

Enfin les choses furent poussées si loin, qu'à bout d'expédients pour se voir à la

campagne où l'infortuné mari faisait bonne
garde, et où le chambellan, d'ailleurs retenu
à la cour par les devoirs de sa charge, ne
pouvait faire que de rares apparitions, inha-
biles à triompher des refus persistants de
M. de Krukenthalen qui ne voulait pas permettre que sa femme s'éloignât de lui, on ne
trouva d'autre moyen de les forcer tous deux
à habiter la ville, que de faire nommer Albert
conseiller d'Etat; ils venaient donc de revenir
à Stockholm trois mois avant mon retour.

Je t'ai fait tout d'une haleine ce long récit
que je tins d'un officieux ami, le soir même
de mon arrivée ; je t'ai fait grâce, surtout,
de mes révoltes, de mes indignations, et des
furieuses exclamations qui interrompirent le
narrateur presqu'à chaque phrase ; j'étais
outré du manque de foi de cette femme....
je l'aimais encore, et j'étais décidé à me venger de sa perfidie.

La première chose que je fis fut de me lier
avec son mari ; je devins en peu de temps
son ami inséparable, mais il fallut surmonter
l'aversion instinctive que j'éprouvais pour sa

nature profondément vulgaire ; j'eus de la peine à remporter cette victoire sur moi-même.

Il n'y avait de sympathiques entre nous que les sentiments que nous portions tous deux à sa femme ; c'est-à-dire un ardent amour... et une vive jalousie ; il se chargeait journellement d'attiser l'un et l'autre dans mon cœur avec une rare adresse, tantôt par des confidences passionnées, tantôt par des révélations et des accusations appuyées de preuves qui me rendaient furieux... un peu plus je devenais fou !... ... Quelles nuits j'ai passées dans ce temps-là ! quelles agitations ! J'avais fini par me faire le complaisant du mari, et l'espion de la femme (pour mon propre compte, bien entendu), enfin j'avais quitté mon appartement à l'ambassade, afin de venir me loger en face de l'hôtel de Krukenthalen.

[...]

IV

[...]

Un matin du mois de janvier, vers neuf heures, je fumais près d'une fenêtre d'où mon regard plongeait chez le conseiller, et je vis la porte cochère s'entr'ouvrir pour livrer passage à une femme que je reconnus à l'instant; je pris un manteau et un bonnet fourré avec lesquels j'étais sûr d'être parfai-

tement déguisé, et je me mis à sa poursuite.
Laure, car c'était elle, longea la muraille
d'un pied furtif, prit la première rue qui se
trouva sur son passage, gagna une place où
stationnaient des traîneaux de louage, et
monta dans l'un deux, en donnant au con-
ducteur des ordres secrets.

Je l'imitai et la suivis ; à quelques pas de
la maison des bains qui est une construction
assez importante, elle paya son cocher et mit
pied à terre ; j'en fis autant ; puis elle tourna
avec rapidité l'angle du bâtiment et entra
dans l'établissement.

Là devait s'arrêter mon inquisition.

Je traversai la rue perdu dans mes ré-
flexions, et mordu au cœur par un indéfinis-
sable pressentiment. En effet, cette femme,
comme toutes les parvenues, était pétrie de
ridicules et de vanité ; elle n'aurait pu, par
exemple, attacher une épingle à son corsage
sans être entourée de trois femmes de chambre au moins, et voici qu'elle sortait seule, à
pied, coquettement parée, à une heure indue,
pour aller au bain..... au bain !...... où il

est souvent impossible de se passer de service, et où il est toujours inconvenant de n'être point accompagnée.

Une sourde colère, sans motif réel, me serrait à la gorge, j'avais envie d'attendre la sortie de Madame de Krukenthalen, cependant je me décidai à rebrousser chemin. Je levais machinalement les yeux en regardant devant moi, et j'aperçus venir d'assez loin une grande femme enveloppée d'un vitchoura richement fourré; je ne l'eusse sans doute pas remarquée sans une singularité qui me frappa.

Elle pressait son mouchoir sur sa bouche, quoiqu'elle eût déjà le visage couvert d'un voile épais; alors je l'examinai; elle paraissait ne savoir que faire de la main qu'elle avait libre, j'observai avec surprise qu'elle semblait gênée dans ses vêtements, et que sa démarche était étrange..... comme si ses somptueux habits étaient un déguisement.

Un soupçon, rapide comme l'éclair, traversa ma pensée, je ralentis le pas, et tandis que je rêvais au moyen d'éclaircir mes doutes, la Providence vint à mon secours.

La femme au vitchoura, depuis une minute inquiète de mes allures sournoises, me regardait attentivement, et ne vit point s'approcher une jeune fille qui portait un fagot d'épines sur sa tête, et qui accrocha, en passant, le voile mystérieux. Ceci ne dura qu'un moment; mais ce moment avait suffi à ma curiosité, et j'avais parfaitement reconnu, sans pouvoir m'y méprendre, le comte de Bimberg, le chambellan du roi.

Le but de sa course matinale était facile à s'expliquer.

Je rentrai chez moi dans un état cruel, et je ne souhaite pas à mon plus mortel ennemi de connaître les tortures que j'endurai ce jour-là.

Il arriva bientôt après, qu'à la suite d'un déjeuner d'hommes, à la fin duquel on avait parlé des scandales qui occupaient la société suédoise, je donnai un coup d'épée à un jeune officier qui dit devant moi qu'un de ses amis lui avait confié que Madame de

Krukenthalen venait tous les soirs, avant
d'aller dans le monde, passer deux heures
chez madame de Backmann (cette dame était
une vieille chanoinesse aveugle qui recevait
toute la terre, et chez laquelle il était de
mode d'aller faire cercle, chaque jour, à
l'heure de son souper). Madame de Krukenthalen donc y allait aussi, et selon mon jeune
officier, elle y portait invariablement un beau
foulard neuf qu'elle ourlait méthodiquement
de chaque côté, pendant que le chambellan
lui débitait à l'oreille mille choses qu'on
devinait facilement à la rougeur qui couvrait les joues de la belle ouvrière. Le foulard achevé, M. de Bimberg s'en emparait
adroitement, et le même manége recom-
mençait le lendemain.

J'appris plus tard que le fait était réel, et
je n'en eus que plus de regret d'avoir failli,
pour si peu de chose, tuer un honnête
homme.

Une autre fois, et pour un sujet tout aussi
frivole, ce fut moi qui reçus une blessure
assez dangereuse pour être obligé de garder

le lit et la chambre au delà de six semaines.

Le jour où j'obtins du docteur la permis-
sion de faire une petite promenade pour ma
première sortie, Albert s'engagea à me venir
prendre dans sa voiture. Toutefois, l'heure
à laquelle je l'attendais était dépassée depuis
longtemps, lorsque je le vis arriver, les
yeux hors de la tête et le visage décomposé.

Il me dit, au milieu des élans d'une horrible colère, que sa femme, depuis le com-
mencement de l'hiver, faisait seule et en
tapinois des sorties quotidiennes dont il devinait sans peine le motif coupable; qu'il
l'avait fait suivre, et qu'on lui avait parlé de
rendez-vous et de travestissements; mais
qu'il était résolu à ne s'en rapporter qu'à
lui-même pour épier l'infâme, et qu'il la
tuerait, s'il la surprenait en faute.

Il avait, en me parlant ainsi, du sang dans
les yeux et de l'écume à la bouche. Je fus
saisi d'épouvante, et j'eus mille peines à le
calmer. J'y parvins pourtant; et le retenant

à l'aide de différents prétextes, il ne me quitta que fort tard, et il fut convenu que notre partie de promenade manquée aurait lieu le jour suivant à midi.

Lorsqu'il arriva à l'heure dite, il avait oublié ses fureurs de la veille; nous partîmes gais et insouciants; il faisait un soleil superbe, la neige brillait comme des diamants, et le traîneau, attelé de quatre chevaux, filait comme un boulet.

Au retour, le conseiller m'offrit, pour prolonger notre plaisir, de longer les remparts et d'aller mettre une carte chez mon adversaire, dont les soins avaient été assidus pendant ma maladie; j'y consentis, mais Albert eut la funeste idée, en passant devant son hôtel, de faire une halte pour interroger un de ses laquais qui se tenait près de la porte cochère.

Cet homme répondit aux questions de son maître que Madame était sortie seule à pied; à ces mots, je vis le visage d'Albert se troubler; néanmoins nous traversâmes la ville en silence, et nous approchions de

15

nôtre destination, quand tout à coup M. de Krukenthalen ordonna à son cocher d'arrêter.

V

Sa voix était brève et saccadée; il se pencha en avant, je suivis la direction de son regard, et j'aperçus, à mon extrême douleur, Madame de Krukenthalen, soigneusement voilée, qui franchit presque aussitôt le seuil d'une petite maison très-noire, de chétive apparence; c'était au

coin d'une rue étroite qui aboutit à la cita-
delle.

M. de Krukenthalen se débarrassa vivement de son manteau et s'élança sur les traces
de sa femme; je l'imitai malgré ma faiblesse,
mais il entendit sans doute crier la neige sous
mes pas, car, au moment de disparaître à son
tour dans la fatale maison, il se retourna, et
je fus effrayé de son aspect.

Il avait le teint blême et les yeux sanglants
comme au moment de sa furieuse colère du
jour précédent.

— Nerval ! me dit-il avec véhémence,
quoiqu'à voix basse, si vous désirez que je
croie à votre amitié, et si vous ne voulez pas
être cause des plus grands malheurs, ne me
suivez point !

Je demeurai indécis l'espace de quelques
secondes; ensuite je m'avançai avec précaution sous le vestibule de cette bicoque; elle
n'avait qu'un étage; tout était silencieux, je
n'entendais que le bruit de la respiration
d'Albert qui faisait son ascension avec lenteur, et je commençai aussi à monter douce-

ment les premières marches, quand soudain
j'entendis une porte s'ouvrir et se fermer
avec violence, et presque aussitôt d'horribles
cris et des coups retentissants.

Prévoyant une catastrophe, j'enjambai l'escalier en deux bonds, et lorsque je parus
sur le lieu de la scène, je vis un épouvan-
table spectacle : un jeune homme en costume
de travail essayait de se soustraire à la furie
d'Albert, qui, les cheveux hérissés, l'œil ha-
gard, tenait de chaque main une chaise et
frappait à coups redoublés autour de lui ; il
en avait déjà atteint sa malheuse femme, qui
gisait sur le plancher dans une mare de
sang, morte en apparence.

L'endroit où nous nous trouvions était
l'atelier d'un jeune peintre en renom qui
arrivait d'Italie ; il avait fait le portrait de
toutes les jolies femmes de Stockholm, et on
expliqua plus tard la frénésie du conseiller,
par la supposition qu'il avait été exaspéré à la
pensée que sa femme se faisait peindre pour
son amant.

Quant à moi, j'ai toujours été convaincu

qu'il avait eu un accès de folie, ce qui, du reste, n'aurait pu surprendre personne, sa mère, sa sœur et son frère étant tous trois morts fous.

Toutefois, comme il fallait à tout prix apaiser ce furieux et secourir la mourante (je ne voulais pas croire qu'il l'eût tuée), je m'avançai rapidement vers le peintre anéanti d'avoir vu, sans en deviner la raison, mettre en pièces ses meubles, ses tableaux, toute sa fortune, enfin. Je posai sur le bord de la fenêtre, auprès de laquelle il s'était réfugié, une bourse fort bien garnie, dont le contenu compensait, et au delà, la perte qu'il faisait, et je lui dis quelques mots qu'il comprit à merveille, car il sortit et rentra promptement, suivi de trois hommes vigoureux, qui s'emparèrent du fou, en dépit des cris perçants qu'il poussait, et qui le reconduisirent chez lui dans son traîneau.

Pour moi, je m'approchai en tremblant de la pauvre victime, qui n'avait pas encore fait un mouvement.

Avec l'assistance du jeune homme, je la

déposai sur les débris de sa modeste cou-
chette; quand j'eus lavé et étanché le sang
qui l'inondait, je découvris trois profondes
blessures qui lui labouraient le front, le nez
et les joues. L'enflure la défigurait, et je
compris, en voyant ces affreuses plaies
béantes, la signification de la seule parole
intelligible qu'Albert eût proféré dans sa
rage :

— Au visage! hurlait-il; au visage! au
visage!

Puis il riait d'un rire qui n'avait rien d'humain; il espérait, sans doute, avoir pour toujours détruit la fatale beauté de sa femme.

Le peintre eut l'obligeance d'aller chercher un medecin qui demeurait à côté;
par bonheur, il était chez lui, et lorsque, par
ses soins, madame de Krukenthalen reprit
connaissance et me reconnut, elle sanglota
avec amertume. Je respectai cette douleur à
laquelle se mêlait, j'en suis certain, la honte
de son abaissement.

Nous étions à la fin de mars : les jours
sont déjà plus longs; cependant il était six

heures du soir, il fallait prendre un parti, et
Laure ne pouvait décemment passer la nuit
chez le peintre; elle ne voulait pas se décider
à retourner chez elle, et personne de nous
n'osait le lui conseiller. En ce moment d'angoisse inexprimable, j'oubliai tous ses torts,
et n'ayant plus dans le cœur que mon amour
pour elle et l'impérieux désir de la servir,
j'entrepris de lui trouver avant tout un
asile.

J'envoyai chercher un traîneau; nous y
plaçâmes doucement la jeune femme, le médecin monta près d'elle afin de la soutenir,
et le peintre et moi nous mîmes sur le
devant. J'ordonnai de toucher chez une
grand'tante de son mari, à laquelle j'allai
conter l'attentat commis par son neveu, mais
ni elle, ni trois autres parentes du conseiller,
chez lesquelles je me rendis successivement,
ne voulurent consentir à recevoir la coupable épouse de M. de Krukenthalen.

Laure pleurait avec déchirement, elle était
dévorée d'une fièvre ardente, nous étions
dans une terrible perplexité...... L'ambas-

sadeur n'était pas marié, d'ailleurs mener
Laure chez lui eût été une faute, toute la
ville savait mon attachement passionné pour
elle; enfin, une idée lumineuse me vint;
j'avais un ami dont la cousine était supé-
rieure d'une communauté de Bénédictines;
je me fis conduire au monastère, et quoique
l'heure fût indue, je fis tant et si bien, que je
fus admis en la présence de la mère sainte
Thérèse.

La digne femme écouta avec une tendre
pitié le véridique récit que je fus contraint
de lui faire, et consentit, avec une pieuse
indulgence, à porter secours à l'étrangère
outragée qui n'avait plus, dans sa misère, que
la maison du Seigneur pour refuge. Mais
Dieu ne repousse jamais ceux qui souffrent,
quelque coupables qu'ils soient !

La bonne religieuse m'ordonna donc de
lui amener ma protégée une heure plus tard,
et de frapper à une porte dérobée qu'elle
m'indiqua, afin que son entrée dans le couvent pût rester un mystère.

Je me hâtai de rejoindre mes compagnons,

je les reconduisis chez eux, et, resté seul
avec madame de Krukenthalen, je lui appris
les engagements que j'avais pris en son nom ;
elle me serra les mains avec effusion, et pen-
chant son visage mutilé vers le mien :

— Monsieur de Nerval, dit-elle, je ne
laisserai pas mon enfant au pouvoir de mon
bourreau... Jamais ! jamais !

A ce nouvel obstacle je tressaillis, et je
compris que tout était perdu, car lutter avec
succès contre l'amour d'une mère est impossible ! Malgré les raisonnements les plus lo-
giques que mon désespoir me suggéra, je
dus lui céder ; elle défendit son droit maternel avec une sombre énergie, elle avait réponse à tout. Enfin je me dirigeai avec elle,
en frémissant, vers sa demeure.

VI

Je n'oublierai jamais cette soirée; il me semble, en te contant ce drame, sentir mes cheveux se dresser sur ma tête! Cette femme avait pour son mari une juste horreur, elle n'aurait pas voulu (ce jour-là du moins) passer à deux cent toises de sa maison, eût-il été même question de reprendre ses diamants

et ses dentelles, précieuse ressource cependant pour les mauvais jours, mais elle vint
résolument, et toute saignante encore, à
vingt pas du lit où reposait son assassin, pour
lui enlever leur unique enfant, son seul
amour... pauvre mère !

L'hôtel de Krukenthalen était bouleversé ;
le retour du conseiller, ramené presqu'en
démence par des étrangers, les récits incom-
plets du cocher et du laquais, la disparition
de Madame de Krukenthalen, étaient des
motifs suffisants d'alarme. Le suisse seul
veillait à la porte et ne reconnut pas sa maîtresse, dont le visage était meurtri, et que
j'avais envelopée d'un manteau pour cacher
ses vêtements sanglants.

Elle entra à ma suite ; nous entendîmes,
en montant l'escalier, les éclats de voix des
serviteurs réunis dans la cuisine ; il était sept
heures du soir, le conseiller était enfermé
avec son médecin et deux de ses parents ; je
pénétrai seul dans la chambre de l'enfant,
dont je laissai à dessein la porte entr'ouverte.
Le petit ange dormait, souriant dans son

berceau ; la bonne qui était dévouée à madame de Krukenthalen craignait son maître, et n'aurait pas livré son élève de bonne grâce. Toutefois elle était si inquiète depuis le matin, qu'elle m'interrogea, et je lui donnai quelques détails ; ensuite je la priai de m'apporter une robe pour Madame de Krukenthalen puisque la sienne était souillée de sang.

La pauvre créature, toute frissonnante, courut dans la pièce à côté chercher ce que je lui demandais ; son absence ne dura qu'un moment, mais ce moment suffit ; Laure, qui nous épiait, bondit comme une biche, saisit sa fille, et sortit comme une ombre.

La bonne ne vit rien.

Je pris la robe et m'élançai à la suite de la jeune mère, pour laquelle je redoutais tous les dangers.... Arrivé dans la rue, je l'aperçus qui fuyait au loin, et j'eus peine à la suivre.

Enfin nous atteignîmes le but de notre course.

Mais avant de donner le signal pour faire

ouvrir cette porte, qui, en se refermant, me
séparerait à jamais peut-être de cette femme
ingrate et perfide, et que j'adorais, hélas ! je
voulus lui parler une dernière fois, et m'age-
nouillant sur le sable, je pris sa main, et la
baisai en l'arrosant de larmes.

Alors elle se retourna vivement, frappa
les trois coups qui devaient annoncer sa venue, puis me tendit en silence la joue rosée
de sa fille endormie, où je déposai un bai-
ser.

Madame de Krukenthalen s'inclinant aussitôt, baisa la place que mes lèvres avaient
effleurée, jeta sur moi un long et brûlant regard et disparut. Je ne l'ai jamais revue.

Nerval se tut, et resta absorbé dans ses
pensées.

— Mais cette femme, dit enfin Léon, si
courtisée, si entourée, n'a donc pas trouvé
de protection aux jours de son malheur ?

— Une femme, mon cher Léon, répondit
M. de Nerval, n'a que trois protecteurs naturels : son père, son frère et son mari, le
premier était mort, elle n'avait jamais eu le

second, et le troisième était son plus cruel ennemi.

— Quelle abominable histoire! fit Léon.

— En suite de ces émotions, continua Nerval, ma blessure se rouvrit : je fis une longue et douloureuse maladie, et lorsque j'entrai en convalescence, on me raconta que la cour s'était mêlée de cette odieuse affaire, et que M. de Krukenthalen avait été con-damné à laisser la petite fille à sa mère, et à leur payer à toutes deux une pension ali-mentaire.

Après cet arrêt, Laure était partie pour voyager.

Un an environ s'était écoulé depuis ces événements, lorsque ma sœur qui connais-sait tous mes secrets, m'écrivit que Madame de Krukenthalen était à Paris, où elle menait deux intrigues de front.

A cette révélation qui me navra, je fis la triste découverte que mon cœur blessé avait jusqu'alors, presqu'à mon insu, nourri l'es-pérance de voir se réaliser, tôt ou tard, les projets des premiers jours de mes jeunes

amours. Mais ma sœur était incapable de
colporter un fait qui n'eût pas été d'une véracité scrupuleuse... je renonçai donc courageusement, et sans retour, à tous mes
rêves de bonheur; cette femme était trop
flétrie.

Une si amère déception m'éloigna pour
toujours du mariage; plus tard je quittai
subitement les eaux d'Aix afin de ne point
risquer de rencontrer Laure; elle y venait
avec un prince russe qu'elle achevait de rui-
ner, disait-on;.... c'était horrible.

Ah ! s'écria-t-il en se levant vivement,
comme pour échapper à ses souvenirs, je
suis heureux de son absence de ce matin, je
ne veux plus entendre parler d'elle.

Et Nerval se tut, en faisant un geste de
dégoût.

— Tu ne l'as jamais revue ? demanda
Léon.

— Jamais ! répondit-il.

— Et tu l'aimes encore ?

— Toujours ! dit Nerval en détournant
les yeux.

— Eh bien! je vais te guérir, s'écria Léon.

Nerval fit un geste d'incrédulité.

— Oui! poursuivit Léon. J'ai vu son portrait, elle est prodigieusement engraissée, elle a des rides et des cheveux blancs.... sa beauté est passée, sa sottise est restée..... Viens la voir, te dis-je, crois-moi, c'est le seul moyen de l'oublier.

— Non! dit Nerval, je veux garder mes illusions!

FIN.

16

UNE CONVERSION

UNE CONVERSION

———◦✦◦◦✦◦———

I

Il existait encore en Angleterre, en 1836,
une personne dont les excentricités affligè-
rent longtemps la haute aristocratie.

Cette personne, que je ne veux désigner
que par la lettre initiale de son nom, était la
fille unique d'un grand seigneur écossais.
Riche héritière, elle fut mariée à quinze

ans au lord vicomte de B***, un des premiers pairs du royaume.

Lady Elisabeth B*** possédait tous les avantages : illustre naissance, immense fortune, éducation brillante, esprit remarquable, beauté merveilleuse. Son mari, rigide observateur du proverbe français : *noblesse oblige*, était en outre et par malheur, profondément pénétré de sa dignité et de sa valeur personnelles. Cette occupation unique et perpétuelle de lui-même déplut promptement à sa jeune compagne, et ce pompeux mariage, conclu sous de favorables auspices, devint, en peu de temps, l'union la plus mal assortie.

En général, les jeunes femmes que l'insouciance ou l'incurie de leurs parents enchaîne pour la vie à des êtres qui leur sont antipathiques, parviennent, à force de patience, de douceur et d'innocence, à dérober au monde, toujours avide de scandales, les douloureux mystères de leur intérieur ; ou bien, si le secret de leurs peines quotidiennes ne peut rester caché, elles se vengent des maux qu'on leur inflige par un pardon généreux, un silence résigné et la scrupuleuse observance des plus pénibles devoirs ; celles-là trouvent la compensation de leurs sacrifices dans l'estime de tous, et il y a bien des palmes au ciel pour les martyres ignorés.

D'autres portent au pied des autels l'offrande de leurs cœurs ulcérés et se donnent à Dieu, l'unique refuge, le vrai consolateur des âmes flétries ; à ces tristes âmes déshéritées des bonheurs de la terre, les joies du ciel sont promises, et le sublime espoir des célestes récompenses cicatrise plus d'une sanglante plaie.

Toutefois, il est des natures ardentes, passionnées, qui se révoltent contre la torture, et ne veulent point accepter sans lutte la part de douleur que le sort leur réserve. Ces fiertés indomptables appellent la résignation de la lâcheté, l'oubli des injures de la bassesse, et le respect de soi-même est taxé de bêtise. Le malheur les aigrit, fausse leur jugement, et leur vanité blessée leur fait rechercher d'éclatantes représailles.

Une femme qui s'abandonne ainsi à de mauvais penchants est à jamais perdue.

La jeune vicomtesse entra dans la société élégante de Londres sans autre guide qu'un mari uniquement et éternellement absorbé par ses propres perfections. Entourée de séductions de tous genres, frivole, étourdie, elle fit bientôt parler d'elle.

Après cinq ou six ans d'orages domestiques, lord B***, que la seule supposition d'un éclat public (qui paraissait inévitable), mettait hors de lui de terreur, sollicita et obtint un commandement en Espagne.

Lord B*** avait embrassé la carrière des armes dès l'âge de dix-huit ans.

Après son départ, lady B*** cédant aux instances de quelques amis, qui pensèrent que son absence ferait oublier ses travers, passa sur le continent et voyagea sans relâche pendant plus de dix années, dans toutes les parties du monde connu.

Elle visita la Turquie, la Grèce, l'Egypte; elle resta quatre jours au milieu de la tribu de la fameuse lady Esther Stanhope, dont les bizarreries sont assez connues : mais cette, la plus surprenante des deux Anglaises ne fut pas l'habitante du désert !

La comtesse Élisabeth B*** séjourna dans toutes les capitales de l'Europe, et elle étonna les cours les plus fastueuses par sa magnificence, aussi bien que par sa beauté et ses grâces inimitables.

Elle aurait pu régner ainsi longtemps, mais à trente ans, elle imagina tout à coup de se faire savante, bas-bleu et philosophe; elle créa chez elle un salon littéraire où elle attira toutes les célébrités; enfin elle s'adonna à l'étude avec la même ardeur dévorante qu'elle avait mise autrefois à rechercher le plaisir.

A quarante ans ses idées se modifièrent, ou, pour mieux dire, se compliquèrent d'un nouveau caprice. Elle devint femme politique, chef de parti; tout naturellement elle fit de l'opposition; sa maison fut le rendez-vous de tous les mécontents, elle conspira.

A aucune époque de sa vie, jamais rien, jamais personne ne put l'arrêter; elle n'acceptait ni influence ni avis; d'ailleurs, depuis bien des années son abandon était complet ; elle vivait sans devoirs et sans liens ; son père et sa mère n'existaient plus, la direction de l'éducation de ses enfants lui avait été retirée par l'autorité d'un conseil de famille ; lord B*** guerroyait aux grandes Indes .. elle était libre, totalement libre d'être folle et extravagante sans contrainte !

On dit généralement que les femmes qui ont beaucoup vécu, bien ou mal, se livrent exclusivement à la dévotion, lorsqu'elles ont atteint la cinquantaine.

Lady B***, malheureusement, échappait à la loi commune, et elle se déclarait d'avance décidée à ne point se soumettre à cette dernière partie du programme féminin.

Lady B*** était née avec un caractère altier, un esprit léger et paresseux, un cœur fort sec, et un orgueil démesuré. Elle fut enfant gâtée, et par conséquent volontaire et mal élevée. Son père observait le culte anglican, sa mère, d'origine allemande, était

calviniste, et sa gouvernante française, c'est-
à-dire catholique.

Il résulta du conflit de ces trois autorités
qui se contrariaient sans cesse, et de ces trois
religions différentes, que la jeune Elisabeth
n'eut point de religion du tout.

L'athéisme est chose fort commode aux
gens qui préfèrent n'avoir ni principes ni
conduite.

La première fois que l'enfant émit les opi-
nions qu'elle s'était faites, on admira (quel
déplorable aveuglement!) on admira, dis-je,
au lieu de s'épouvanter, la profondeur de ses
raisonnements. En voyant cette admiration
elle s'enivra au son de ses propres paroles...
elle développait les effrayantes pensées écloses
dans son cerveau avec de jolies mines, de
malicieux regards et de fins sourires; ses
expressions étaient à la fois monstrueuses et
naïves... l'enfance a tant de gaucherie et par
là même tant de grâce!

Enfin, elle avait neuf ans... c'était prodi-
gieux! L'auditoire était transporté... un auditoire composé de plusieurs grands parents,

vieillards à cheveux blancs qui auraient dû frémir, et d'une institutrice qui aurait dû se voiler la face et pleurer sous son voile.

Elisabeth se maria ; durant les années de sa folle jeunesse, sa conscience s'arrangea fort bien de ce manque absolu de croyance. Elle s'établit à demeure dans son impiété, elle la professait hautement, elle niait l'existence d'un Dieu, elle niait l'immortalité de l'âme, elle expliquait avec ironie nos plus saints mystères, et lorsqu'elle commençait à disserter sur les choses sacrées, il fallait fuir loin d'elle saisi d'horreur dès les premiers mots.

A l'époque où se passa l'épisode que je veux vous conter, lady B*** avait soixante ans. C'était une grande femme sèche, raide, avec fort peu de restes de beauté, mais toujours une démarche imposante et un air majestueux. Son caractère impérieux, rendu plus intraitable par l'âge, et surtout ses détestables doctrines auxquelles elle exigeait que tout son entourage se soumît, la condamnaient à l'isolement.

La principale victime de ses nombreux ca-

princes était une infortunée dame de compagnie qu'elle forçait à lui faire des lectures
impies la moitié de la journée, tandis que
l'autre moitié se passait à commenter les susdites lectures de manière à torturer la pauvre
lectrice. Aussi en changeait-elle continuelle-
ment, car, outre les tracasseries journalières
dont le choix des livres n'était pas le moindre,
il y avait encore l'impossibilité de jamais oser
mettre le pied dans une église, ni faire aucun acte de bienfaisance, puisque lady B***
avait institué dans ses terres un prix de vice
à l'instar du prix de vertu de M. de Mon-
thyon, et un nombre infini de ces malheu-
reuses dames de compagnie avait renoncé à
la peine au bout de peu de mois.

II

Lady B*** habitait depuis plusieurs années un très-beau et très-gothique château aux environs de Liverpool, ayant pour unique délassement la conversation de miss Trinkett, jeune personne de vingt-cinq ou vingt-six ans, onzième fille d'un pauvre gentilhomme irlandais catholique, et qu'une extrême mi-

sère avait pu seule décider à accepter et à
conserver une place chez lady B***.

La solitude de cette dernière était complète; elle inspirait à toute la contrée une
terreur superstitieuse et insurmontable, les
paysans se détournaient de leur route pour
ne point passer en vue des tourelles du vieux
manoir, et nul ne se fut décidé à traverser
l'avenue ou les jardins à la nuit tombante,
car la croyance populaire était que de mauvais esprits hantaient les lieux habités par la
noble dame.

Il va sans dire que les seigneurs d'alen-
tour et les fonctionnaires de la ville la plus
proche n'avaient aucun commerce avec cette
réprouvée.

Un seul ami pourtant lui était resté : lord
Georges T***, ami de toute sa vie, presque
parent, esprit fort comme elle, et converti,
par ses soins, à l'incrédulité sacrilége qu'elle
affichait.

Lord Georges faisait bravement, trois fois
par semaine, vingt milles anglais, en toutes
saisons, pour venir dîner avec sa vieille

amie. Ils passaient la soirée à deviser de
leur bon temps, de leurs succès, de leurs
voyages ; ils exaltaient les merveilles du
siècle où ils avaient été jeunes et brillants,
et médisaient beaucoup de celui où ils n'é-
taient plus ni l'un ni l'autre ; c'est la manie
commune à tous les vieillards.

On dédiait une petite heure à persécuter
miss Trinkett, on faisait un piquet où on se
disputait ; enfin il était rare qu'ils se sépa-
rassent sans avoir raconté quelque récent ou
ancien scandale assaisonné, comme conclusion, d'une ou deux notoires impiétés qu'ils
amplifiaient à plaisir, en se reprenant tour à
tour la parole.

Le jour où s'ouvre mon récit, on était à
peu près à la mi-octobre : la journée avait
été pluvieuse et la soirée humide ; la vicomtesse, souffrante depuis plusieurs jours,
n'avait point quitté sa chambre à coucher, et
au mépris de la coutume anglaise qui défend
aux femmes de laisser pénétrer un autre que
leur mari dans leur appartement particulier,
elle y avait reçu lord T***, qui était venu, en

dehors de ses visites ordinaires, lui annoncer son départ subit pour Londres, où des affaires impérieuses et imprévues l'appelaient sans délai.

L'appartement de la vicomtesse mérite une description. C'était une grande chambre lambrissée, haute de quatre-vingts pieds au moins, dont les parois étaient richement sculptées et ornées de belles peintures dans des panneaux d'attache. Il y avait trois énormes fenêtres pratiquées dans la profondeur d'un mur épais de douze pieds; l'intérieur de ces croisées, ajusté avec goût, formait de délicieux réduits où lady B*** lisait, écrivait ou brodait.

L'ameublement était somptueux, confortable, mais très-suranné; il se composait de bahuts, de dressoirs en chênes et de larges fauteuils capitonnés. Le lit très-bas, était placé sur une estrade et surmonté, comme il y a cinq cents ans, d'un lourd baldaquin carré garni d'amples rideaux de brocard. Ces rideaux, suspendus à distance convenable, rejoignaient leur unique point d'ap-

pui, qui était un large anneau de cuivre
doré fixé dans le plafond, à l'aide de quatre
chaînes également dorées partant des quatre
coins du baldaquin.

Ce détail, puéril en apparence, est absolument nécessaire à l'intelligence de mon
histoire.

Lord Georges T*** avait donc annoncé
son départ pour le jour suivant; sa vieille
amie en était consternée, non par affection,
mais par égoïsme. Lord Georges n'était plus
qu'une habitude.

Son voyage devait durer trois semaines...
Qu'allait devenir lady B*** pendant tout ce
temps, seule en tête-à-tête avec miss Trinkett?

Les deux vieillards, assis à droite et à
gauche d'une vaste cheminée où brûlait un
bon feu, méditaient et toussaient à l'unis-
son.

Tout à coup lady B*** prit la parole :

— Quel jour sommes-nous?

— Jendi, répondit timidement miss Trinkett.

— Ce n'est pas là ce que je demande, fit sa maîtresse, avec impatience.

— Le dix octobre, dit lord Georges.

— Ainsi vous serez de retour le premier novembre ?

— Oui, Milady, répondit-il, et je viendrai vous voir dès le lendemain; ce sera une véritable joie pour moi, poursuivit-il d'un air attendri.

— Le lendemain du premier novembre, dit la malencontreuse miss Trinkett, est la fête des morts, qui tombe précisément, cette année, un vendredi.... mauvais jour.... et milord part aussi un vendredi! ajouta la pauvre fille d'un ton effrayé.

— Vous êtes folle, ma chère, dit lady B*** avec aigreur.

Elle avait de l'humeur, et elle était charmée de la passer sur quelqu'un.

Vous êtes folle!... il n'y a pas de mauvais jours;... le vendredi au contraire est un jour très-bien choisi.

— Ah! milady, osa dire miss Trinkett, votre seigneurie n'y songe pas, le jour de la mort du Rédempteur ne saurait être qu'un jour de malheur.

Cette courageuse objection de miss Trinkett eut le plus triste résultat ; la vicomtesse se redressant dans son fauteuil se mit à accabler d'injures son imprudente compagne d'abord, et ensuite le nom adorable de notre divin Sauveur ! Elle avait l'œil en feu, la bouche écumante ; elle prodigua dans cette explosion toute la verve, tout le mordant de son esprit tant vanté, et lord T***, au comble du ravissement, approuvait du geste et du sourire, tandis que la demoiselle de compagnie, tremblante et les cheveux hérissés, gisait sur sa chaise à demi-évanouie.

Lady B*** cessa de blasphémer quand la voix lui manqua.

Lord T*** se leva, lui prit la main, la baisa et lui dit :

— Vous avez été scintillante comme une escarboucle, vous n'avez jamais que vingt ans à mes yeux !

Puis il se rassit et demeura pensif quelques instants.

Lady B*** regardait la flamme du foyer.

Cependant, soit pressentiment vague de l'avenir, soit désir de terminer la soirée par une plaisanterie nouvelle, lord T*** dit à la vicomtesse :

— Tout ce que vous avez dit est très-bien, si nous avons raison ; mais, si nous nous trompons depuis quarante ans, nous pourrions bien, lady Elisabeth, éprouver d'étranges surprises dans l'autre vie !

— S'il y a une autre vie, répondit celle-ci.

— Sans doute, répliqua-t-il ; et il retomba dans le silence.

— Eh bien ! dit lord T***, après un quart d'heure de sombre rêverie, faisons un pacte, lady Elisabeth !

— A quoi bon ?

— Ecoutez ! reprit-il gravement, nous avons vécu, vous et moi, sans croyance, et nous mourrons ainsi que nous avons vécu ; néanmoins, durant le cours de notre longue existence, il est un culte qui nous a été commun !

Lady B*** fit un geste de dénégation. Mais
lord T*** continua :

— Une religion sainte et sacrée que nous
avons professée tous deux ; le culte de l'honneur, la religion du serment ; jurons-nous
donc réciproquement que le premier d'entre
nous qui quittera ce monde, viendra dévoiler
au survivant les mystères d'outre-tombe.

La vicomtesse fixa sur son interlocuteur
un regard terne où se peignait l'étonnement,
puis elle lui dit avec dédain :

— Vous vieillissez, mon pauvre ami, je
vous en avertis charitablement... encore un
peu de temps, vous deviendrez papiste, et
vous vous confesserez !..... je vous vois d'ici
entouré de moines..... et vous croirez sans
doute, en exhalant votre dernier soupir,
rendre votre âme à Dieu !

Elle éclata de rire.

— Qu'ai-je dit qui ressemble à cela ? riposta
lord T***.

— Vous parlez d'éternité ?.... c'est ab-
surde !.... Vous comptez renaître ? de vos
cendres peut-être, comme le phénix ? ou

bien, sur la foi de la métempsycose, vous espérez revivre dans le corps d'un cheval, d'un chien, ou d'une oie, dit-elle bien bas.

— Mais, encore une fois, ai-je dit un mot de cela ?

— Vous exhalez, mon cher, un parfum de componction tout à fait édifiant, s'écria-t-elle en l'interrompant.... vous êtes, je vous assure, à la veille de croire en Dieu, il ne vous manque plus que la part du diable.

— Allons donc, lady B***, vociféra lord Georges exaspéré, vous prenez l'ombre d'un doute pour la réalité !

Puis se levant, afin de prendre congé, il ajouta :

— Je vous le répète, si je quitte cette vie avant vous, je viendrai vous revoir, vous avez ma parole, et je vous demande la vôtre.

— Je vous la donne volontiers, dit-elle, mais soyez persuadé que tout finit avec nous.

III

Cette conversation ne laissa aucune trace
dans l'esprit de lady B***; elle vécut selon
sa coutume durant les trois semaines qui
s'écoulèrent jusqu'au deux novembre, jour
des morts; elle fut fort gaie à son coucher,
et, contre son habitude, elle parla avec
affabilité aux femmes de son service. Elle

n'avait pas pensé une seule fois à son vieux parent.

Toutefois, ce soir-là, en se plongeant dans son lit, vers minuit, elle dit à miss Trinkett: Lord Georges m'a manqué de parole!

Il était d'usage de laisser quatre grosses bougies allumées sur la cheminée de la chambre à coucher de la vicomtesse; ces bougies brûlaient toute la nuit, et répandaient une vive clarté. Dix minutes après la retraite de la dernière de ses femmes, lady B***, encore parfaitement éveillée, vit entrer lord Georges T***, vêtu comme il l'était, le jour où il vint lui faire ses adieux trois semaines auparavant.

Il était fort pâle, et avait l'air triste.

— Vous êtes bien en retard, Milord, dit-elle, en se mettant sur son séant. N'approchez pas! ceci, en vérité, n'est point une heure convenable pour venir visiter une dame.

Lord Georges obéit, et s'arrêta.

— Qu'avez-vous à m'apprendre? poursuivit la vicomtesse, étonnée du mutisme obstiné de son ami.

Alors, sans remuer, et d'une voix qui n'avait rien d'humain, lord Georges répondit :

— Je viens de la cité des mort dégager la parole que je vous ai donnée, l'éternité a commencé pour moi ! Lady B***, vous m'avez perdu. Que ma souffrance vous profite ; repentez-vous, votre heure est proche ; oh ! lady B**, craignez l'impénitence finale, ou vous serez perdue comme moi.

La vicomtesse répondit d'un ton piqué :

— Cessez, Mylord, une comédie que votre âge rend doublement ridicule ; je suis surprise qu'avec la connaissance que vous avez de mon caractère, vous ayez imaginé une plaisanterie bonne tout au plus pour une pensionnaire, ou pour une sotte visionnaire comme miss Trinkett.

— Vous doutez ! s'écria lord Georges avec amertume ; sur mon honneur de gentilhomme je vous dis la vérité pure ! je suis tombé malade à moitié chemin de Londres, et cette nuit je suis mort sans secours dans la cabane délabrée d'un pêcheur... Peu d'instants m'ont suffi pour connaître ce que les vivants ignorent... pour sentir l'angoisse des peines réservées aux réprouvés...

— Eh bien? fit lady B***, avec l'accent d'une curiosité incrédule.

— Oh! lady B***, je vous en conjure, cessez de douter, cessez de nier; il est au haut des cieux un Dieu créateur, un Dieu puissant et terrible, implacable pour les impénitents, un Dieu clément qui prodigue ses grâces aux âmes élues; il est dans les entrailles de la terre un lieu d'horreur où j'ai déjà subi d'inexprimables tortures... Oh! lady B***, repentez-vous, tremblez! Le Seigneur a permis que je vinsse vous visiter sous ma forme première, je vais dans peu d'instants la quitter pour toujours! encore quelques minutes et c'en est fait!

— D'abord, dit lady B*** d'un ton ferme, quoi que vous fassiez je ne croirai jamais ce que vous dites, et vous pourrez mourir tant que vous voudrez, mais je serai toujours convaincue qu'en ce moment vous êtes vivant.

— Hélas! soupira tristement le spectre de

lord Georges, que faut-il faire pour vous persuader?

— Il faut, répondit-elle, entreprendre sur-le-champ quelqu'action extraordinaire qui me prouve que vous êtes réellement un être surnaturel.

— Eh bien! fit le fantôme, toujours immobile, je vais, par le seul effort de ma volonté, briser sans bruit les trois superbes miroirs qui décorent votre chambre.

— Gardez-vous en bien! s'écria vivement lady B***, il m'en coûterait une somme immense et mille peines pour les remplacer, et je ne pourrais toutefois jamais considérer cet accident que comme une maladresse de domestique.

— Alors je vais écrire ici, de ma main, la description de la cabane de pêcheur où gît mon cadavre; ainsi que le détail de la scène qui s'y passait tout à l'heure lorsque j'ai rendu l'âme.

— Cela ne parlera point à ma conviction.

— Je vais vous faire le récit de tout ce que

j'ai vu dans les régions inconnues aux mortels
que je viens de parcourir.

— A mon réveil je serai sûre d'avoir
rêvé.

— Eh bien! dit-il, le ciel de votre lit, d'où
tombent les draperies qui vous entourent,
est suspendu par des chaînes à un anneau
fixé à une hauteur si élevée qu'aucune
créature vivante n'y saurait atteindre..... Je
vais y attacher l'écharpe que vous venez de
quitter.

— Non, dit lady B***, je croirai demain
que cette œuvre a été accomplie pendant
mon sommeil à l'aide d'une échelle.

— O honte! ô crime! ô endurcissement!
s'écria le fantôme; adieu, Elisabeth..... je
vous quitte, souhaitez ardemment de ne plus
me revoir!

A ces mots, une flamme bleuâtre et sinistre éclaira les yeux éteints du spectre de
lord Georges T***, il s'approcha, menaçant,
de la couche de la vicomtesse, et lui saisissant le bras gauche à l'endroit du poignet, il
se pencha à son oreille.

La malheureuse lady B*** poussa un grand cri et s'évanouit plutôt, avoua-t-elle ensuite, d'épouvante de ce qu'elle entendit, qu'à cause de la douleur qu'elle éprouva.

Au point du jour, lady B*** fit appeler son intendant, qui partit en chaise de poste après une courte et mystérieuse conférence avec la châtelaine; après son départ, lady B*** manda miss Trinkett, à laquelle elle conta la foudroyante apparition de la nuit précédente, et montra sa main mutilée.

A la place que le fantôme avait touchée, la chair était consumée et laissait l'os à découvert. La vicomtesse fut obligée jusqu'à sa mort de cacher cette affreuse blessure sous un large bracelet de velours noir qu'elle ne quittait jamais.

Lady B*** en adoptant la lumière, choisit la foi catholique; son intendant lui ramena par son ordre un prêtre missionnaire célèbre à cette époque, et elle s'abandonna à sa direction.

Que dirai-je de plus maintenant?

Lady B*** répara autant qu'il fût en son

pouvoir les scandales qu'elle avait causés ; sa conversion fut sincère ; elle répandit autour d'elle de nombreux bienfaits ; miss Trinkett fut généreusement dotée; on fonda une messe à perpétuité pour le repos de l'âme de lord Georges T***. Enfin, au bout de six mois, milady vicomtesse de B*** se retira dans un couvent d'Espagne, où elle mourut en odeur de sainteté, en 1839.

Les voies de la Providence sont impénétrables, il faut adorer ses immuables décrets, elle accepte tous les repentirs !

Quel dommage que ces grands exemples de miséricorde, donnés sans cesse par le créateur, soient si mal et si rarement imités par la créature.

On offense Dieu impunément mille fois... mille millions de fois ; il pardonne toujours... l'homme ne pardonne jamais !

Je n'ai vu de ma vie ni lady B*** ni son ami lord Georges T***, mais j'ai logé à Dresde, tout un hiver, dans la maison de miss Trinkett, mariée à un honnête négociant saxon.

Madame Pfeiffer-Trinkett etait une excellente personne, un peu simple, mais très-obligeante; elle ne parlait de sa défunte maîtresse qu'avec une vive reconnaissance mêlée d'un peu de terreur. Elle avait conservé comme souvenir de son séjour en Angleterre, une voix entrecoupée et une physionomie effrayée qu'elle a probablement encore, si elle vit.

C'est d'elle que je tiens les détails que l'on vient de lire; lady B***, avant de quitter le monde pour toujours, avait envoyé son portrait à son ancienne victime.

J'ai vu cette lugubre image, avec cette belle main meurtrie par le spectre, et ornée du fatal bracelet de velours.

FIN.

MA PREMIÈRE DÉCEPTION

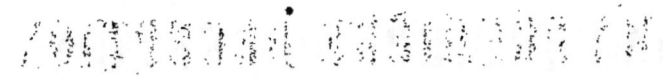

MA PREMIÈRE DÉCEPTION

I

Je voudrais bien que ce qu'on va lire n'offensât personne, et que les vrais patriotes Polonais n'y cherchassent pas matière à indignation.

J'ai passé dix-huit ans en Pologne, j'y ai souffert, il est vrai, des douleurs amères, cependant j'ai trop de loyauté pour vouloir rendre la nation entière solidaire des crimes d'une seule famille. J'ai désiré aimer la patrie que j'avais adoptée, j'y ai mis de mon côté toute la bonne volonté possible. . . . . Si malgré cela, cette terre est toujours restée pour moi la terre étrangère, j'y ai pourtant trouvé de nombreux, d'admirables amis, actifs, dévoués, des amis pleins d'indulgence pour mes travers, et qui ont eu la bonté de me savoir gré d'avoir certaines qualités, et de n'avoir pas certains défauts.

Des amis enfin, dont quelques-uns, hélas ! sont déjà descendus dans la tombe, et auxquels je ne saurais penser sans attendrissement. Leur perte prématurée a mis mon cœur en deuil, et je les pleurerai jusqu'à mon dernier soupir avec d'abondantes larmes.

Un jour que je serai d'humeur à plonger dans les profondeurs de mes souvenirs, je pourrai vous raconter bien des choses. . . . . Mais aujourd'hui je n'ai pas envie de m'exciter à la tristesse, je préfère songer à un passé amusant.

Toutefois, avant de commencer, je veux répéter encore que je supplie mes compatriotes de ne voir dans ces lignes aucun sentiment hostile; la dignité du nom que je porte me ferait un devoir de la bienveillance la plus amicale, quand même je n'y serais pas tout naturellement disposée.

D'ailleurs, on dit qu'on aime les lieux où l'on a souffert, où l'on a été heureux, et j'ai arrosé de mes pleurs la terre de Pologne, ma fille y est née; ces deux raisons puissantes m'y attachent à jamais.

Lorsque j'épousai le comte Romain Mikorski, à l'église de Saint-Philippe-du-Roule, le 25 mai (j'en ai gardé une rancune affreuse au mois de mai et à l'église de Saint-Philippe), la Pologne était en révolution et le choléra-morbus y régnait..... moment agréable et bien choisi pour aller y élire domicile.

Mon oncle, et quelques vieux amis de mon père, anciens militaires qui avaient visité toutes les capitales de l'Europe à la suite de nos armées, essayèrent de relever mon courage en me parlant des délices du pays que j'allais habiter; selon eux, Varsovie était un petit Paris....

Ils m'en dirent tant, et avec des détails
tout à fait rassurants et même attrayants, que
je puisai dans leurs récits, sinon de la conviction, au moins un peu de philosophie.

Je partis donc à peu près résignée......
pour aller au-devant de la peste et de la
guerre.......

S'il se trouve parmi mes lectrices une
jeune infortunée destinée à se marier avec
un étranger, je lui conseille d'y regarder à
deux fois avant de se décider.

Que mon exemple lui profite !

Elle quittera toutes ses affections pour
suivre un mari qui deviendra bientôt peut-
être un cruel ennemi ; et au jour du malheur, lorsqu'elle cherchera une protection,
il lui arrivera ce qui m'est arrivé à moi...

Une fois, durant l'espace de quinze années, une seule fois.... dans un moment de
grand danger, j'ai demandé au consul de Sa
Majesté le roi des Français, à Varsovie, non
pas de m'aider moi, personnellement, mais
de prendre l'initiative d'une démarche offi-
cieuse, faite au nom de ma famille.

« Alors le consul de Sa Majesté le roi des
Français m'a répondu positivement qu'il ne
se mêlerait pas de mes affaires, parce que je
n'étais plus Française ! »

Cette parole brutale m'a frappé au cœur,
et le motif du refus m'a été plus sensible que
le refus lui-même et ses inconvénients.

J'avoue que, lorsque cette intervention
demandée et refusée ne fut plus nécessaire,
monsieur le baron essaya de pallier ses torts
par quelques bons procédés ; mais le coup
était porté, et il y a des choses qui ne se ré-
parent point.

Tous mes parents paternels et maternels
ont servi honorablement depuis des siècles...
Mon père et ses deux frères étaient des offi-
ciers distingués ; les aînés, le colonel Savary
et le colonel Dussausay ont péri... le second
à Pultusk, après des hauts faits éclatants ; le
premier en Amérique.... Mon père est mort
âgé de cinquante-neuf ans ; il avait quarante-
six ans de service actif.... et quel service !....
quelle noble carrière !.... quelle vie de probité, de fidélité et de dévouement !

Il a laissé deux fils ; le plus jeune est tombé en Afrique, où le sol est imprégné de sang français.... Funeste conquête qui coûte à la France le sacrifice de sa plus brillante jeunesse !

Ainsi, voilà trois hommes tués sur cinq en deux générations !

Le quatrième est mort à la peine, usé par le travail et la fatigue des camps.

J'estime qu'en tous pays ceci s'appellerait avoir bien mérité de la patrie...

Eh bien ! le duc de Rovigo avait à peine eu le temps de se refroidir dans son cercueil, qu'au grand scandale des gens de cœur et des gens de bien, il s'est trouvé un consul du roi de France qui a osé dire à la fille du duc de Rovigo qu'elle n'était plus Française, et que lui, mandataire du roi de France, ne dirait pas *le seul mot* qui pût la sauver, lorsque son honneur et sa fortune étaient en question.

Sans doute le pardon des injures est le devoir du chrétien, néanmoins je confesserai avec sincérité que, pour le cas dont je parle ici, c'est une vertu que je ne pratique pas....

Il y a des cruautés que je ne puis, que je ne veux pas oublier ; je n'aurais jamais le courage ni la volonté de dire, comme une illustre princesse : J'ai tout vu, tout su, tout oublié !

Il faut être la reine martyre, la sublime Marie-Antoinette, pour avoir tant de générosité.

Moi, chétive, je me souviens de tout avec une amertume toujours poignante, toujours nouvelle.

Et cependant... ne pourrait-on pas me reprocher mes récriminations ?

Il doit m'être permis d'invoquer des noms augustes, car je souffrirais trop, si je devais garder le silence... le poids de la reconnaissance n'est pas trop lourd pour moi... j'aime à proclamer les bienfaits que j'ai reçus, je veux dire la vérité !

11

Mon père, par une prévoyance dont les résultats ont été bien heureux pour moi, avait, peu de temps après mon mariage, écrit au feld-maréchal Paszkiéwicz, prince de Varsovie, pour me recommander à son intérêt.

Je n'ai jamais su si le duc de Rovigo avait connu le prince autrefois, mais qu'importe?... de nobles militaires, à quelque nation qu'ils appartiennent, sont toujours

frères... . ils se battent avec acharnement
et se serrent la main après la bataille.

Mon père écrivit donc au maréchal avec
simplicité et franchise, comme un soldat qui
parle à un soldat; sa confiance ne fut point
trompée, et quand l'heure de la persécution
eut sonné pour moi, le vice-roi (1) de Pologne me protégea en père et en maître; lui
et madame la maréchale m'accordèrent toute
leur sympathie; et, sans leur constante et
active bonté, je serais, depuis bien des
années, ou morte ou folle.

Je sais qu'il y a des gens qui se plaignent
du prince; j'ignore quels sont ceux-là, et
quel droit ils ont de le faire... Pendant
quinze ans que j'ai habité Varsovie sans presque jamais en sortir, j'ai vécu intimement
avec des personnes qui voyaient le prince
tous les jours, et auxquelles rien n'échappait... J'ai eu l'honneur moi-même de le
voir très-souvent chez lui ou ailleurs; je lui

---

(1) Vice-roi n'est peut-être pas le terme propre, mais le
mot Namiestnik n'aurait pas été compris en France, et on ne
peut pas le traduire autrement.

ai parlé mille fois, et sur plus d'un sujet, de choses qui pouvaient l'impatienter, lui déplaire, peut-être... Jamais je n'ai reçu une réponse désobligeante ni un mot dur; il est poli; il refuse quelquefois, il est des requêtes qu'on ne saurait accorder; alors il refuse avec bonté, comme un homme qui regrette de devoir refuser, et je l'ai vu agir pareillement en ma présence pour d'autres que pour moi.

Et puis ce que le prince de Varsovie est avant tout, c'est d'une scrupuleuse équité; à aucun prix il ne commettrait ou ne tolérerait une injustice... Mais il y a de par le monde des êtres surprenants, qui se rendent coupables de faits inouïs, qui demandent avec aplomb des choses exorbitantes, et qui entrent en révolte dès qu'ils sont repoussés ou punis; or, les pauvres grands hommes, les pauvres souverains dont ils dépendent, deviennent en ces cas-là le but de leurs calomnies.

Aussitôt qu'il fut bien constaté que mon père avait cessé d'exister, il parut à ma nouvelle famille que je lui appartenais corps et biens, qu'elle avait sur ma personne droit de vie et de mort, et elle agit en conséquence.

Que devenir, que faire lorsqu'on est isolée à cinq cents lieues des siens, dans un pays dont on ne connaît ni les coutumes ni le langage, au fond d'une campagne où le seigneur est roi?... Il faut bien se résigner à tout supporter en silence.

Un jour pourtant, j'entendis formuler des exigences contre lesquelles je dus protester énergiquement.

De ces exigences, auxquelles on ne se soumet pas lorsqu'on se respecte, qu'on a la crainte de Dieu, et qu'on croit à une vie meilleure.

Heureusement que dans ce temps-là, il y avait déjà sur le trône de Russie un prince généreux qui accueillit ma plainte... A l'imitation du Créateur, qui s'intéresse au plus petit ver de terre qu'il a créé, l'empereur Nicolas, qui gouverne d'un coup d'œil et d'un geste un empire qui s'étend sur les deux hémisphères, ne dédaigne pas de s'occuper du dernier de ses sujets; son génie est assez vaste pour lui permettre à la fois de calculer les destinées du monde, et de régler les intérêts d'un seul.

Mon père n'avait pris aucune précaution pour mon avenir (ceci n'est point un reproche, je cite simplement un fait); et cette négligence m'a été très-fatale.

Le duc de Rovigo aimait et estimait les Polonais; il avait combattu dix ans côte à côte avec eux; il les croyait braves, généreux, et il avait confié sa fille à leur honneur avec la plus complète sécurité. On lui avait promis pour moi toutes les joies... et à peine eut-il fermé les yeux, que ces promesses furent oubliées.

Par bonheur, le prince de Varsovie était là..... par bonheur aussi ce n'était pas Monsieur le baron qui était consul de France à cette époque; c'était un digne gentilhomme qui avait nom Monsieur Durand de quelque chose... (Je ne me rappelle plus son appellation nobiliaire.) Tant est, qu'il alla sans différer parler de mes affaires au vice-roi, car il était Français jusqu'au bout des ongles, ce consul, et il comprenait qu'une femme, dont les ancêtres maternels, depuis l'année 960, et dont la famille paternelle, depuis trois générations, se faisaient hacher sur tous les champs de batailles où flottait le drapeau de France, que cette femme, dis-je, eût-elle épousé un Chinois, était toujours Française... Ensuite, il était un peu ancien régime ; il sentait son chevalier français ; il trouvait que pour avoir droit à la protection des hommes de cœur, il suffisait d'être femme, d'être seule et d'être affligée.

Le prince de Varsovie fut de la même opinion que lui ; il prit ma cause en main, car il vit que j'étais faible et que j'allais être opprimée, et il fit un noble usage de son autorité, en empêchant la fraude et l'injustice.... Oh ! le prince de Varsovie a été pendant quinze ans un père pour moi... un père généreux, indulgent, et j'ai traversé l'infortune l'âme sereine et le front haut, car je savais que tant que je serais innocente, sa protection ne me faillirait pas

Aussi longtemps que je vivrai, je serai

dévouée au prince de Varsovie ; si mon bras droit pouvait lui être utile, je le ferais couper demain sans hésiter.

Enfin il a mis le comble à ses bienfaits, en obtenant pour moi la bienveillance de Sa Majesté, à laquelle jamais on ne s'adresse en vain, qui jamais ne connaît un tort sans le redresser.

Ce que j'écris ici ne plaira pas à tout le monde ; je prévois qu'en l'imprimant, je m'attire d'implacables haines ; mais y eût-il même danger, je n'en retrancherais pas une syllabe ; je veux dire tout ce qui me remplit le cœur... D'ailleurs, je ne pense pas qu'il existe aujourd'hui, sur la surface du globe, une seule personne sensée qui puisse se refuser à convenir que l'empereur Nicolas est un grand homme, un génie extraordinaire, un esprit profond et universel, le plus illustre monarque des temps modernes. La société lui doit beaucoup, plus qu'elle ne pense peut-être !... Je m'arrête ici ; je ne veux pas me mêler de politique... je n'y comprends rien... je trouve seulement qu'il est fort à regretter que l'esprit de parti, qui dénature toutes choses, aveugle tant de gens.

J'irai plus loin encore, et j'ajouterai que je suis convaincue que ce que je dis ici, il n'y a pas à l'heure qu'il est en Pologne un seul Polonais qui, la main sur la conscience, ne se l'avoue à lui-même; il n'y en a pas un seul qui ne soit prêt à en convenir tête-à-tête avec un ami sûr (ayant soin toutefois de se retourner afin de voir si nul ne peut l'entendre); pas un seul qui ne fût trop heureux d'en dire autant et davantage à Sa Majesté en personne... mais aussi pas un seul qui eût la courageuse sincérité de l'imprimer ainsi que je le fais.

A mes yeux, l'empereur de Russie est aussi élevé au-dessus des autres créatures que le soleil l'est au-dessus de la terre; je le vénère, je l'admire; après l'amour de Dieu et ma tendresse de mère, je n'ai pas d'affection plus vive que celle que je porte à Sa Majesté et au prince de Varsovie; ces sentiments sont un devoir; je dois tout à l'Empereur; sans lui, j'aurais succombé dans la lutte.

19

Et pourtant, son appui fut un acte de pure
magnanimité ; il ne me devait rien ; quel droit
avais-je de l'implorer ?... étais-je connue de
lui ?... étais-je la fille ou la sœur d'un de ses
serviteurs ? Non !... j'étais étrangère, j'étais
née au milieu de ses ennemis, j'avais épousé
un Polonais au moment où les Polonais en
masse se révoltaient contre leur maître.....
Mais l'empereur a un noble cœur ; sa belle
âme ne saurait comprendre d'étroites combinaisons ; il honore le mérite, il rend hommage au talent, il respecte la vertu et sou-
lage la douleur partout où il les rencontre...
jusques dans les rangs de ses adversaires.

Voilà pourquoi les désastres qui me me-
naçaient furent des titres. Et puis ce grand
Empereur, dont le regard fait trembler le
monde, est un patriarche dans sa famille ; il
adore ses enfants, et il a eu pitié des douleurs de l'orpheline que son père ne pouvait
plus défendre ; il a voulu protéger la fille
d'un brave militaire dont la vie entière,
publique et privée, a mérité l'estime de
tous.

Aussi, je le répète, j'aime l'Empereur et le prince de Varsovie.

Je n'ai, pour parler ainsi, aucune autre raison que des souvenirs respectueux et une gratitude bien légitime. Sa Majesté ne m'a jamais vue; je n'ai jamais eu l'honneur de lui être présentée, à mon bien vif regret.

En Russie, les gens du peuple approchent de leur prince familièrement, mettent un genou en terre, saisissent sa main et l'appellent : *Père* ; et le souverain les appelle : *Mes enfants*.

Condescendance touchante et significative de la part du monarque. Excepté dans les cérémonies d'apparat, l'Empereur Nicolas n'est jamais accompagné; il marche dans les rues, seul, à pied... en voiture; il sort à toute heure en calèche découverte, également seul, avec le cocher qui le conduit, sans laquais, sans gardes; il n'en a pas besoin; ses sujets l'idolâtrent... l'amour qu'ils lui portent est un véritable culte. Non, je n'ai jamais parlé à l'Empereur et j'en suis au désespoir...

III

Je me suis laissée entraîner bien loin de mon sujet; je me souviens pourtant que ce matin, en m'asseyant devant mon écritoire, j'étais décidée à vous raconter mon premier départ de Paris.

Ce fut un événement fort triste et en même temps grotesque; il n'y avait pas vestige de chemins de fer dans ce temps-là; nous étions neuf, nous avions des bagages pour vingt, et

nous ne possédions pour transporter tout
cela, que deux atroces petites machines, de
forme incroyable, grandes comme des co-
quilles de noix, et qu'on avait la hardiesse
d'appeler des voitures... Juste ciel ! quel abus
des mots... je pourrais bien dire aussi quel
abus des choses et des personnes, car tout fut
entassé Dieu sait comme !

Nos emballages étaient si étonnants, que
le long du chemin, dans les villes et les villages que nous traversions, tout le monde
se mettait aux fenêtres afin de nous voir
passer ; les habitants accouraient sur le pas
de leurs portes, et riaient aux eclats sans se
gêner, en nous montrant au doigt; si nous
nous arrêtions, il se formait à l'instant un at-
troupement autour de nos équipages. . . j'en
éprouvais des désolations quotidiennes.

Il y avait notamment trois vieilles casseroles
de ferblanc et un grand bassin de cuivre
attachés tout à fait en desssous d'une des
voitures : dès qu'on allait un peu vite, ces
charmants ustensiles s'entrechoquaient, ce
qui faisait un tintamarre infernal.

On me donna le choix de voyager tête à-
tête avec mon mari, ce qui m'eût prodigieusement ennuyée, ou avec ma belle-mère, ce
qui n'était pas amusant..... Je pris toutefois
ce dernier parti, car de deux maux il faut
choisir le moindre; mon mari fit toute la
route avec deux femmes de chambre, qui
s'en plaignirent amèrement.

Enfin, tout paraissant convenu, je ne m'occupai plus que de tâcher de me résigner à
mon sort... mon amour-propre était cruellement en jeu... J'étais tourmentée surtout
d'une chose !

Nos affreux carosses ne pouvaient pas
s'appeler autrement que des vinaigrettes
(terme fort injurieux comme vous savez), et
il me semblait que nous allions à chaque re-
lai essuyer les dédains et les sarcasmes des
postillons...... Il était bien question de
cela vraiment ! Il va sans dire que, bien
que je fusse préparée à toutes les catas-
trophes, il ne m'était, et ne me serait
jamais venu à la pensée que je fusse destinée aux horreurs d'un voyage à petites jour-

nées.... rien n'était plus vrai cependant...

Mes bonnes amies, petites maîtresses élégantes comme moi; mes camarades d'enfance, qui étaient des jeunes gens raffinés,
se mouraient de compassion en me voyant
si consternée, et malgré cela, ils s'étouffaient
de rire; un surtout (je ne le nommerai pas,
il est maintenant un homme sérieux, un
homme d'état); mais alors il avait vingt ans,
il avait à se venger de quelques petits quoli-
bets que je m'étais permis de lui décocher,
et il n'était pas fâché de se moquer un peu
de moi à son tour.

Jugez de ce que je devins, lorsque j'appris
deux jours avant le départ, que nous allions
en Pologne avec nos chevaux !..... Compre-.
nez-vous? de Paris à Varsovie... cinq cents
lieues de pays... je ne pouvais y croire.....
il le fallut bien, hélas!

Nous partîmes le 4 juillet, nous arrivâmes
à Dresde le 22 octobre; cela ne s'appelle pas
brûler le pavé... Mais c'est que mon beau-
père, par fantaisie, conduisait lui-même sa
voiture et ménageait ses chevaux; ces esti-

mables animaux avaient au moins cent-vingt
ans à eux quatre; il leur manquait toujours
quelque chose, et à nos cages à poulets
aussi... Tout servait de prétexte pour faire
une halte; quand il n'y avait pas de fer tombé
ou de roue cassée, pas d'orage ou d'effets
perdus ou oubliés, après lesquels il fallait
courir, en rétrogradant bien entendu, alors
mon beau-père avait la migraine, ou bien
ma belle-mère avait la colique...

Ah! grands Dieux! en y songeant mes
cheveux se hérissent encore sur ma tête!....
Je ne sais pas comment il se fait que je ne
sois pas devenue enragée!...

A Leipsick nous fûmes obligés de rester
quatre jours dans une odieuse auberge;
parce que, lorsque nous y arrivâmes, il y
avait un peu d'émotion populaire dans la
ville, et qu'il convint à mon mari de faire le
rodomont, et de sortir vers le soir pour *voir*
la révolution. Il fut bousculé au plus fort de
l'émeute, et reçut sur la tête une fusée qui
éclata précisément sur le bout de son nez; il
se crut mort comme de juste, et ce qu'il y eut

de curieux, c'est que son père le crut
aussi.

On coucha le héros blessé au milieu de dix
édredons; on lui mit des cataplasmes et des
compresses, on ajusta sa chambre de façon
à lui donner une tournure d'agonie... on me
gronda pour passer le temps, et comme je
ne voulais pas convenir d'autre chose, sinon
que monsieur Mikorski était plus laid qu'à
l'ordinaire avec son nez enflé, son front dé-
pouillé et ses cheveux brûlés, mon beau-
père me fit un long sermon, afin de me prouver que son fils aurait pu perdre les deux
yeux; je ne disais pas le contraire, et c'eût
été certes un grand malheur, mais puisqu'il
n'était pas même éborgné, je trouvais que
tout était pour le mieux, et qu'on devait se
réjouir!

En arrivant à Dresde, j'étais si excédée du
voyage et de tout le reste, que j'avais bonne
envie de partir clandestinement par la dili-
gence ou la malle-poste, pour m'en retourner en France.

Je dus avoir des allures suspectes, car on

me surveilla de si près ; que je ne pus effectuer mon projet.

Il m'eût été facile de le faire, cependant, car j'avais beaucoup d'argent, mon père, en se séparant de moi, m'ayant fait présent d'une notable somme en belles pièces d'or toutes neuves.

Mon trésor avait, il est vrai, subi deux échecs.

Le premier, à Paris, lorsque mon mari, harcelé par ses créanciers, m'avait déclaré 3,000 francs de dettes contractées à l'insu de ses parents....... Je voulus les payer, car alors je croyais qu'il était honteux d'en avoir... Je me suis bien aguerrie depuis, en Pologne, où le désordre fait partie du caractère national.

J'eus donc plusieurs factures à acquitter, entre autres celle d'un parfumeur, montant à 800 francs, et uniquement pour des gants... on ne comprenait pas où avaient pu passer tant de gants jaunes.

Et puis celle de la bouquetière qui avait fourni les fleurs que mon mari m'offrit tous

les jours pendant les trois semaines qui s'é-
coulèrent entre nos fiançailles et notre mariage. Je trouvai très-violent d'être forcée
de payer de mes deniers les galanteries qui
m'avaient été faites.

Le second échec subi par mon trésor pro-
vint d'une petite spéculation que mon beau-
père inventa à son profit, et que j'acceptai,
vu mon ignorance de la valeur des monnaies
étrangères, et la conviction dans laquelle j'é-
tais d'ailleurs qu'il était incapable de trom-
per ses enfants.

Il me proposa d'échanger lui-même (de
crainte que je fusse dupée) mon or français
(qui, disait-il, n'avait pas cours en Pologne)
contre des ducats de Hollande. J'y consentis; toutefois je séparai, sans rien dire, mes
richesses en deux parts égales, et je remis
deux cents pièces de 20 francs au vieux
comte, qui me rendit un même nombre de
ducats.

J'appris six mois après, lorsqu'il était trop
tard pour réclamer, que les ducats ne valent
jamais plus de 14 francs 50 ou 60 centimes.

Le bonhomme exécuta ce léger larcin avec
sérénité; je suis sûre qu'il se l'expliqua parfaitement, et qu'il sut apaiser le cri de sa
conscience par de triomphants raisonnements.

Mon beau-père avait une fortune magni-
fique; il l'augmentait chaque année d'une
manière très-sensible à force d'ordre et de
calcul; son extrême économie a un autre
nom en français; mais *économie* est le terme
poli.

Lorsqu'on le surprenait en flagrant délit
d'avarice par trop honteuse, qu'il nous im-
posait quelque nouvelle privation un peu
trop dure, ou qu'il s'emparait d'autorité de
ce qui nous appartenait, il combattait nos
plaintes et nos reproches en nous disant,
d'un air attendri : Mes enfants, vous êtes
des jeunes gens inconsidérés, dépensiers;
votre argent vous profitera plus dans mes
mains que dans les vôtres; je ne travaille
que pour vous, je n'emporterai rien.....
après moi, vous aurez tout! Et il allait son
train.

Je suis persuadée qu'il s'était dit la même chose à part lui, lorsqu'il me rendit des ducats rognés en place de mon or neuf.

Je n'ai jamais rien connu de si extraordinaire que cet intérieur-là..... on écrirait des volumes sans parvenir à tout dire! On y voyait des contrastes auxquels on ne pouvait s'habituer.

Par exemple, il n'y avait dans toute la maison, pour chaque appartement, que de lourds flambeaux d'argent massif accompagnés de formidables mouchettes du même métal... mais ces flambeaux n'étaient jamais ornés que d'affreuses chandelles de suif infect.

J'avais proscrit chez moi ce mode d'éclairage; je ne brûlais que de la bougie... Ce luxe effréné scandalisait tout le monde; ma belle-mère, gémissante, disait à ses intimes, en branlant la tête : Ma belle fille ruinera son mari !

On était aussi très-profondément irrité de me voir mettre beaucoup de sucre dans ma tasse, lorsque je prenais des infusions de tilleul ou de menthe.

— Pourquoi buvez-vous cette tisane?
disait mon beau-père.

— Parce que je souffre, répondais-je.

— Ainsi, c'est en guise de médecine?

— Sans doute.

— Alors, pourquoi y mettre du sucre?
c'est un gaspillage inutile.

— Comment! ce serait abominable si ce
n'était pas doux...

— Une médecine se consomme pour la
santé du corps, et n'a pas besoin d'être
agréable au goût.

Je n'ai jamais eu le moindre égard pour
cette sentence.

On trouvait aussi que c'était un double
emploi coupable que d'avoir de la lumière
sur ma table, si je tricotais assise auprès de
ma cheminée où pétillait un grand feu.......
L'éclat de la flamme devait suffire pour
éclairer mon ouvrage. Dès qu'on me surprenait ainsi, on me soufflait mes bougies...

C'est, du reste, avec de pareils procédés
qu'on fait de bonnes maisons (Molière l'a dit
avant moi). Aussi à la mort du vieux comte,

arrivée en 1849, on a trouvé de fortes sommes en caisse, et pas un sou d'hypothèque sur une fortune de 12 millions.

Mais me voici encore à cent lieues de mon sujet, et je commence à croire que je n'achèverai jamais le récit que j'ai entrepris de vous faire.

IV

Nous sommes donc encore à Dresde ;
nous y restâmes tout l'hiver ; ce fut là que
je levai l'étendard de la révolte, en décla-
rant qu'aucune puissance humaine ne me
ferait continuer ma route jusqu'en Pologne
de la manière dont je l'avais faite depuis
Paris.

Après de longs pourparlers, on fut contraint de céder à mes désirs ; je partis en

poste avec mon mari et nos gens dans le plus
moderne des deux effrayants véhicules dont
j'ai parlé plus haut; nous courions nuit et
et jour, c'était à la fin de mars, et on était en
plein dégel.

Nous passâmes la frontière à Kalisz; mon
mari était ravi de se retrouver dans son
pays; il fut arrêté subitement, dans les élans
de sa joie patriotique, par un horrible cra-
quement, et nous nous trouvâmes l'un et
l'autre assis... (assis, heureusement) au beau
milieu de la fange de la grande route; j'étais
enfoncée dans la boue jusqu'à la ceinture;
on m'en tira après un quart d'heure d'efforts
douloureux; j'y laissai mes bas et mes sou-
liers; j'avais les bras disloqués; il faisait
presque nuit, et je dus marcher pieds nus
pendant deux verstes (1) pour gagner Skarszew, grande terre (appartenant à mon beau-
père), dont on m'avait loué les agréments, et
où on nous avait ordonné de nous reposer.

Joli repos!

_____

(1) Cinq verstes font un peu plus d'une lieue de France.

20

J'y arrivai bien démoralisée, vous pouvez m'en croire. En traversant la cour, deux énormes chiens de garde faillirent me déchirer; on me fit entrer dans une vilaine bicoque construite en bois; on m'ouvrit une porte basse, je vis une chambre dont les murs, blanchis à la chaux, étaient enfumés... deux fenêtres étroites, deux lits boiteux ornés de sales paillasses, et une immense cheminée où brûlait un arbre entier... un vieux fauteuil, deux chaises de bois et une grande table formaient le mobilier.

Mon cœur se serra.

Pourquoi n'allons-nous pas tout droit au château? dis-je à mon mari.

— Le château? mais nous y sommes, me répondit-il d'un air enchanté.

— Comment! m'écriai-je, saisie de terreur, c'est ici ce Skarszew tant vanté..... où sont les appartements?

— Les appartements? mais nous y sommes. Voici la chambre que mon père s'est réservée; le reste de la maison est occupé par le fermier.

Ma jeune femme de chambre française

(qui avait nom Constance) se mit à pleurer... j'en aurais volontiers fait autant; mais
je me retins par orgueil, et sans mot dire, je fis
ouvrir un coffre pour y prendre un peignoir
et des pantoufles, car ma robe était trempée.

Une servante en haillons, sans chaussure
et les cheveux au vent, vint mettre le couvert; on nous servit à souper une soupe na-
tionale appelée *barszcz*, que j'ai mangée
depuis avec plaisir, mais que, pendant longtemps, je ne pus regarder sans frémir. Ce
premier jour-là elle me fit horreur; il y
avait d'autres mets indigènes auxquels je
ne touchai pas davantage.

A l'issue de ce repas, que mon mari dé-
vora de bon appétit, plusieurs vieux paysans
du domaine vinrent saluer le fils de leur seigneur. La langue polonaise, que je parle aujourd'hui et que je trouve charmante, me
paraissait jadis un baragouin sauvage; on
apporta de la bière.... des pipes.... je fus en
un instant enveloppée de fumée.

Faisant alors un signe furtif à Constance,
nous nous glissâmes toutes deux hors de ce

lieu de plaisance; j'aurais voulu me promener, mais il faisait nuit noire et il pleuvait à verse... j'entrai dans la cuisine, une femme assez malpropre y remuait des casseroles; j'aperçus sur une table une grosse motte de beurre, plus loin un panier rempli d'œufs... J'étais affamée, j'essayai de la pantomime pour indiquer à la cuisinière que je désirais une omelette; elle me comprit à merveille et se mit à l'œuvre afin de me satisfaire, je surveillais ses préparatifs avec distraction..... tout à coup elle éprouva le besoin de se moucher et elle s'acquitta de ce devoir avec beaucoup de simplicité, en se servant de deux de ses doigts qu'elle dédaigna de laver après, et avec lesquels elle se remit à casser des œufs comme si de rien n'était.

Je m'enfuis épouvantée, irrévocablement décidée à périr d'inanition plutôt que de vivre à l'aide de ragoûts assaisonnés de la sorte... Il me fut impossible de me résoudre à me coucher sur une paillasse douteuse; je passai la nuit dans le fauteuil auprès des tisons éteints, méditant sur tous les malheurs aux-

quels je devais m'attendre dans un pays où
l'usage des mouchoirs est inconnu ; et me re-
mémorant avec admiration la justesse du mot
d'un soldat français qui, à demi-submergé
dans cette boue liquide qui est un produit
spécial de la Pologne, et qu'on ne voit nulle
part ailleurs, s'écriait avec explosion : *Ces
farceurs de Polonais qui appellent ça une
patrie !* Le lendemain, j'étais d'une humeur
massacrante, et j'en avais bien le droit.

Je montai en voiture la frayeur dans
l'âme, souhaitant et redoutant à la fois d'atteindre le but de ma course.

Ce qui m'était arrivé la veille ne me dispo-
sait pas à l'indulgence ; je trouvai la contrée
abominable... il n'en faudrait pas conclure
que la Pologne est un vilain pays... ce serait une profonde erreur ; il y a au contraire
des provinces entières remplies de sites délicieux ; les environs de Varsovie surtout sont
ravissants.

Mais le gouvernement de Kalisz, et cette
partie du gouvernement de Mazovie, qu'il
me fallait traverser pour arriver chez moi,

est ce qu'il y a de moins bien dans tout le royaume.

Et puis j'étais exaspérée, et par conséquent très-portée à l'injustice; du reste, il est positif que ce côté de la Pologne est fort plat et fort misérable... Les villages, pour la plupart, se composent de chétives cabanes presqu'enfoncées en terre (excepté les villes et les résidences appartenant à de riches propriétaires cosmopolites, que les voyages ont civilisés.)

Je ne voulus m'arrêter nulle part.

Enfin, au bout de trente heures, je débarquai, harassée de fatigue.

Je fus reçue au bas du perron par une vieille grand'mère maussade, qui avait, j'en suis sûre, l'intention d'être amicale, et qui m'accueillit d'un ton bourru.

Je vis un beau château bien bâti, de nombreuses constructions élégantes et en bon état, un grand jardin, des richesses... l'apparence du luxe... Mais je vis aussi, comme à Skarszew, et à triple renfort, des femmes de service déguenillées, des pieds nus, des têtes ébouriffées... et tout aussi peu de mouchoirs.

On me mena dans l'appartement qui devait désormais être le mien.... il était sombre, déplaisant.

Voilà donc! me dis-je en frissonnant, voilà donc où je vais être enfermée pour toujours!

Mon courage était à bout; je me jetai à genoux, fondis en larmes, et ne comprenant pas que l'existence me fût possible en un pareil cachot, je me souhaitai ardemment une prompte mort.

Je vous raconterai probablement autre chose quelque jour, et vous penserez, je n'en doute pas, que cette mort que j'appelais, ce suprême remède à tous les maux, eût été un bienfait réel pour moi.....

C'est qu'en vérité c'est une étrange affaire pour une jeune parisienne élevée depuis sa naissance au milieu des joies et des conforts de Paris, de se voir transplantée au fond d'une campagne polonaise, fût-ce même pour y être châtelaine.

FIN.

TABLE

PARIS. — IMPRIMERIE J.-B. GROS,
RUE DES NOYERS, 74.

www.ingramcontent.com/pod-product-compliance
Lightning Source LLC
Chambersburg PA
CBHW070212030726
47505CB00006B/1650